超速遊戲

啊父塔繃牛兒！Afterburner

董少尹◎著　Salah-D◎圖

名家推薦

許建崑（東海大學中文系教授）：

作者借飛行教練愛庫洛夫的日行任務，串出螺旋失速、靜脈注射、毒梟運毒、海上迫降、智取敵機、剽竊設計、後燃推進、新機編成、官方採購、利益勾連、空戰演練、政黨惡鬥、政權改制；看似無關聯的事件，卻如漩渦般層層捲繞。作者似乎嫻熟飛行技能，描述飛機起降、轉彎、裝載，都在掌握之中，又夾入許多飛行術語，不能不讓人信以為真；可是就故事情節而言，像電玩，又像是日本卡通；文章末段，暗示著官方採購弊端，以及王權復辟。明知是後設、拼貼的故事，卻能讓讀者血脈賁張。此書所以獲選，是希望能打開想像之門，讓孩童們有個廣大的「飛翔」空間。

黃秋芳（少兒文學名家）：

透過精細的分鏡、熱鬧的戰鬥、尖刻的譏諷和未來的寄寓，飽滿地凸顯出人性和人權的懷疑拉扯、政治權謀的危機模擬，以及青春熾烈的痴狂無悔。在繁複豐沛的現代節奏中，表現出《玩命關頭》般的速度和激情，《駭客任務》式的自由意志反覆辯證，讓人忍不住跟著飛機、聯隊、集訓、諜報、信任和背叛……，在不辨真假的天空和海洋間，自由翱翔，並且願意為之奮鬥。

目錄

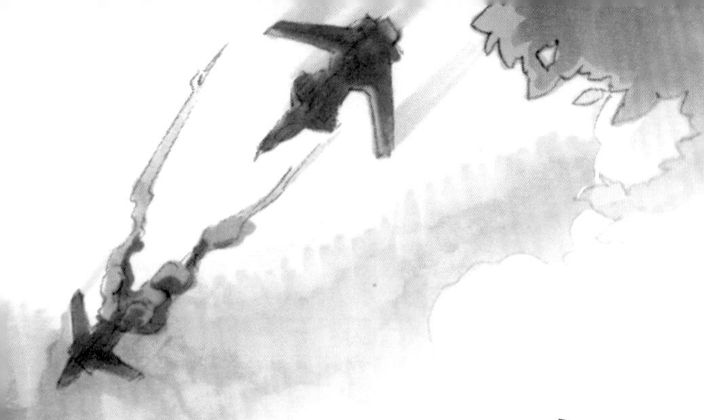

序章

這個故事要從我國特殊的飛行文化說起。

飛行是我們的一切。

我們所有的文明、科技，都是圍繞著航空動力學。

我國乃群島共和國，全體國民從出生到死亡都離不開飛行器，舉凡上班、郊遊、買菜、看病、逛夜市、看電影、串門子、走私偷渡……等等，都必須開著飛行器出門，畢竟沙鷗共和國大小島嶼超過兩萬座，駕駛飛行器往來各島嶼間是最普遍、也是最經濟的交通方式。

甚至早在核戰毀掉舊世界之前，飛行器已是我國往來各島的主要交通工具。根據古書圖書室的史料文獻，我國從前是菲律賓、印尼、跟一部分的馬來西亞、三個國家所組成，而菲律賓與印尼是舊世界兩大群島國家。

因此滿十二歲的沙鷗共和國少兒，必須去全國各「飛行學院」接受四年國民飛行義務教育。

我的天啊，十二歲！外表看起來像大人、心智卻尚未完熟的花樣少男少女，就會來我們飛行學院註冊。

十二歲！

我也不知道要說什麼。雖然我當年也是差不多這個年紀開始接受飛行義務教育，但是，十二歲耶！叛逆又愛頂嘴、愛漂亮又愛現、不服管教、凡事唱反調、喜怒無常、荷爾蒙大爆炸……偏偏院長故意把全校一年級的菜鳥都排給我教，你們知道舊世界把青春期的變化過程稱為什麼嗎？

「登大人」。

哈哈哈哈，我看到這真是笑到搖頭晃腦、天荒地老、笑到花兒也謝了、笑到頭髮快掉光光了，哈哈登大人哈哈，但是想到我的工作，我又忍不住悲從中來、淚流滿面。

喔，我忘了提一件事。

我。討厭。教少兒。開飛行器。

我沒有耐性。我沒有愛心。我痛恨我的工作。我後悔當飛行導師。我不知道我離崩潰的日子還有多少時間。

我還要補充一件事。

本國因為一句俗諺而對禿子不太友善，**頂上無毛、辦事不牢**。

因此我要特別強調，我不是禿頭，我只是額頭比較高。然後剛好設計師又把我的頭髮剪太短、打太薄。他已經被我教訓一頓，下次敢再打這麼薄、我會拔光他的頭髮。真的是吼。

香蕉我個麻鷺榴槤，請允許我再叮嚀一件事。

我們飛行學院的期末考，敢找槍手來代考被抓到，一律退學處分，沒有例外。沒有例外的意思，就是不管怎樣我們也不會改成記大過處分。所以，不要作弊，這是為你們好，雞腿換來的駕照真的敢用嗎？飛不回來怎麼辦？

寫了這麼多，表示我很重視你們。

怎麼說呢？從小到大，我報告都只交兩頁，**一頁封面、一頁封底**，現在光是序章就寫了那麼多字，為的是幫助你們快速進入狀況。既然你們已經讀到這裡了，那就繼續多翻幾頁吧！

一起跟著我進入飛行的世界！

1 螺旋失速

小胖走來停機坪的時候，還帶著隨身化妝鏡照他的油頭。

「胖子，帶鏡子幹嘛？來約會還是來上課？放一邊去！」我命令小胖。

「我女朋友說我不是胖，是嬰兒肥，以後終究會變瘦。」

「拜託，你早過了嬰兒期好不好？而且**你沒有女朋友！別瞎掰了！**」

「摸摸你的良心，你有看過像我這麼帥的胖子嗎？」小胖嗆聲。

「不然我叫你帥胖好了。快做起飛前檢查！」

「你叫我帥胖、我就叫你禿驢。什麼東西……」當小胖還在抱怨，我已經解開馬克思一號機翼上的鐵鏈。馬克思一號是初級教練飛行器，單引擎螺旋槳，水陸兩用，主輪可以裝上浮筒，調整成水上飛行器。

不過我的學生都是十二歲的新生，這些菜鳥還不會判斷浪的高度，降落在水面上對他們來講太危險，所以目前先拔掉浮筒，用陸地上的機場練習起降。

小胖心不甘情不願地放下鏡子跟梳子，照我教他的方向逆時鐘繞著機身，跟著我做起飛前檢查。

螺旋槳無裂痕。機翼平整。機身蒙皮平順。鉚丁無外露。鼻輪正常。主輪氣有充滿。副翼可活動。襟翼三段正常運作。水平尾翼正常。方向舵正常。天線沒有折斷。油箱蓋子鎖緊。機油箱鎖緊。升降舵可活動。

飛行器外觀沒有大問題，我打手勢要小胖坐進駕駛艙。學生坐左邊，盯著他扣好安全帶、關上艙門，我自己從另外一側坐上右座，繫緊十字安全帶。

「啟動引擎。」——戴上耳機，我命令小胖。

「發動！閃開！」——小胖用變聲期的鴨子嗓音提醒閒雜人等遠離螺

旋槳。接著插入鑰匙，往右一轉。

我下意識覺得哪裡出了問題，就是一種莫名不安的第六感。還來不及找出原因，螺旋槳已經「達達達達、科隆科隆科隆」開始運轉。

忽然間，我瞄到節流閥開錯了，每分鐘轉速設定在四千五百轉，這並非啟動一千轉的正常設定，而是飛行器爬升用的全馬力，趕忙雙腳猛踩煞車，卻也已經來不及。發動的馬克思一號如脫韁野馬般暴衝，迅速滑行出停機坪。

我雙腳立刻鬆開煞車。這時候如果硬踩著煞車不放，機頭會前傾、螺旋槳會敲到地面，槳葉有可能斷裂飛出、擊中機翼的主油箱，導致燃油漏出，一絲火花就能引爆整架飛行器。

所以我先放任馬克思一號在停機坪暴走，一邊慢慢收節流閥，一邊踩方向舵讓飛行器避開障礙物，試圖靠拉長距離消耗掉突增的動能。

這時候，我跟小胖的耳機裡傳來怒吼聲。

「**馬克思一號！搞什麼東西！立刻停止蛇行！**」塔台的飛航管制員在無線電頻道裡開罵。

我慢慢控制住了飛行器，一邊按一下發話鍵，跟塔台抱歉。

「塔台老兄，不好意思啊，有帶學生、一時疏忽，已經控制住了。」我還故意跟航管裝熟。

「你給我小心一點！先給你個口頭警告，再犯就要你寫報告！耍什麼帥？停機坪蛇行……」

拿到起飛許可之後，我把艙門跟窗戶鎖緊，馬克思一號滑行到么拐短跑道，對正跑道中心線，小胖迫不及待將節流閥全開，讓馬克思一號開始加速。

「小胖，報速度給我。」我忙著進行起飛程序，還要訓練小胖熟悉空速表。

「……磨磨……姆姆……」透過耳機麥克風，小胖發出含糊不清的聲音。

我轉頭看他一眼。

「把牙籤拿下來！誰跟你說可以帶牙籤上課？空速！」我怒吼。

「二十節……二十五節……三十三節……四十節……」小胖乖乖吐掉牙籤，一面看著空速表報給我聽。

「空速幾節可以離地漂浮？」我考他。

「……嗯……我想想……」

我嘆口氣。

「算了，再教你一次，五十五節拉桿，用三十度仰角爬升。記住了沒？」一年級菜鳥學習能力有限，注意力無法集中太久，必須不斷重複同樣的訊息來刺激記憶。

等空速一到五十五節、操縱桿一拉，我們倆身體一輕、變成了風，懸浮在么拐短跑道正上方。

「這條跑道是短跑道，只有吹南風的時候才可以用這條跑道起飛，逆風起飛所需的加速距離比較短。這點很重要。」我一邊爬升，一邊提醒小胖。

爬升五分鐘，切換無線電頻率，我命令小胖。

「幫我跟航管申請高度、再讓你繼續主控。」

看一眼小胖，他按著發話鍵跟飛航管制員通話。

「馬克思一號呼叫沙鷗雷達，飛行訓練，給我八千呎。」小胖說。

「**給你八千六百呎！航向三五洞！轉換波道么兩拐八！沙鷗雷達！**」航管工作量大、壓力也大，口氣都不會太好，大家早習以為常。

我帶著小胖爬升到八千六百呎，開著馬克思一號在空中水平繞了一圈，淨空練習空域，檢查一下有無其他飛行器，準備開始今天的課程。

「我們今天要上什麼？」我昨天有叫他先預習。

「好像什麼吃素的……」小胖認真回想。

「今天要上『**失速修正**』。什麼叫失速？」我繼續口試。

小胖嘴巴張開又閉上。

「失速就是機翼失去浮力，我們會從飛行狀態變成自由落體，從八千六百呎高空摔向海洋。等一下我會故意讓馬克思一號失速，接著會示範怎麼修正姿勢、讓馬克思一號重新抓到浮力。」我說。

四萬呎以下、對流層的大氣活動很頻繁，我國緯度低、不巧又是熱帶氣旋的發源地，突然來一陣亂流、風切都可以讓飛行器失速，飛行員每趟飛行平均都會碰到兩三次失速，學習「失速修正」是避免墜機失事的第一課。而練習風切失速前，必須先學會引擎熄火引起的失速。

伸手檢查小胖的十字安全帶有沒有扣緊，失速修正是有危險性的課程。

「小胖，你早餐吃什麼？這裡有嘔吐袋，等一下會很暈。」我怕他吐、搞得駕駛艙都是臭味清不掉。

「我還沒吃早餐。等一下我要幹嘛？」小胖微微感覺到我語氣中的嚴肅，開始有些不安地東張西望，環視四周有無其他飛行器。

「我們先練習引擎熄火引起的失速。現在假裝你的引擎突然故障，把油門關掉。」我命令小胖。

只見小胖緩慢伸出短短的右手臂，五根胖胖的手指頭顫抖著握住節流閥，轉頭看我一眼、確定要全拉掉，硬著頭皮關掉動力。

馬克思一號並非滑翔機、展弦比只有五左右，滑翔能力有限。油門空轉兩秒，駕駛艙內的失速警報器就開始發出「逼逼逼」的刺耳蜂嗚聲。接著，一股異常劇烈的震動從右翼傳染到整個機身。

「記住這種抖動的感覺，這是飛行器喪失浮力的前兆……」我話沒說完，小胖跟我陡然騰空、被安全帶狠狠勒住、失速的馬克思一號像自由落體般急墜，駕駛艙內呈現無動力狀態。

這也是為什麼我剛剛要一再檢查小胖的安全帶有無繫緊，若沒繫緊現在人已經撞上機艙頂部、折斷頸椎。

「……哇……哎呀我的媽呀……嗚嗚嗚……」小胖嚇得嚎啕大哭。怕死是天性，在生死關頭之際即使是十二歲的叛逆期小鬼一樣會崩潰。

「小胖！收襟翼！先找天地線！」我教他。

這是小胖第一次體驗失速，處在這種失重狀態一定驚慌失措。

「不要怕！先收襟翼！」我一步一步指導小胖。小胖左手握緊操縱桿、右手把襟翼控制鈕從三十度拉回零度。

「天地線在哪裡？」我問。

「……嗚嗚……嗚嗚我不……我不知道……」機身亂甩、機艙外的景物不規則旋轉，已經破壞小胖的三度空間感，他分不清哪裡是海洋、哪裡是陸地、哪裡是天空。

我看一下高度指示計，七千呎，高度已經消耗太多，不能再慢慢教學，我只好插手修正飛行器姿勢。

「你邊看邊學著點，找不到天地線沒關係，先瞄一眼姿態儀，確定馬克思一號現在的俯仰狀態；接著推機頭，讓飛行器機頭向地面俯衝；看空速表，然後緩緩改平，你看！」我一面講一面示範，輕輕鬆鬆就將馬克思一號從失速狀態修正出來。

穩定住機身，節流閥全開，駕駛艙正前方的螺旋槳從靜止狀態緩慢地恢復旋轉，接著越轉越快、越轉越快，當我感覺到機身已經重新抓到浮力，立刻拉機頭開始爬升，準備飛回八千六百呎的高度讓小胖再練習一次。

這種課程對一年級菜鳥來說，**是震撼教育**。

「好了，別哭了。吃巧克力，等一下再來一次。」我安慰他，塞給小胖一條巧克力棒。糖分可以紓解壓力，同時吃東西這件事可以分散注意力、讓小胖忘記二十秒前的天旋地轉。

馬克思一號爬升回八千六百呎，我再次跟小胖口述分解動作。

「馬克思一號一旦失速，不到五秒鐘就會往下掉。你先收襟翼，再來調整副翼。接著下個動作是找天地線，找不到就參考姿態儀，確認馬克思一號的姿勢，想辦法推機頭，讓馬克思一號頭下腳上往海面俯衝。俯衝幾秒，兩翼就可抓到浮力，有浮力就可以控制飛行器。剩下我會接手。」我說了一串，小胖似懂非懂，臉色開始轉白。

我其實不忍心，但還是鐵了心拉掉油門。

劇烈震動從機翼尖端傳染到整個機身，螺旋槳愈轉愈慢、愈轉愈慢，還沒完全停住，失速警報器陡然發出蜂鳴聲，我跟小胖屁股一涼、再次騰空、又再次被十字安全帶狠狠勒住。

「收襟翼！」我注意高度表，轉頭看看小胖，他慘白著臉、用顫抖的右手將襟翼收回零度，同時勉強自己四處張望、尋找天地線。

「調整飛行器姿勢！」我提醒。

有進步，小胖看到太陽在三點鐘方向，本能反應海平面的相對位置是在九點鐘方向。只見他猛力一推操縱桿、吃力地對抗機身重量產生的反作用力、胖臉脹得通紅，蝴蝶袖肥手臂居然也青筋暴露、額頭開始冒汗。

高度已經掉到七千呎。不過我看小胖沒有哭、沒有驚慌失措、就快要學會了，我強忍住插手修正的衝動，再給他一點時間。

沒想到，這是一個非常、非常、非常致命的錯誤決定。

馬克思一號處在失速狀態過久，突然一陣垂直風切打在機身上，我們從普通的失速狀態惡化成所有飛行員的夢魘。左翼失速的情況比右翼嚴重許多，馬克思一號瞬間往左下方翻轉、再翻轉、再翻轉。

螺旋失速。

普通的失速，合格的飛行員大約十五秒鐘以內就能修正，重新抓到浮力。

一旦進入螺旋失速，飛行器會像旋轉樓梯一般往地面或海面不斷轉圈、不斷轉圈、不斷轉圈、不斷轉圈……

直到墜毀。**完全無法修正**。

唯一的辦法，就是千萬不要讓自己進入螺旋失速狀態。一定、務必、千萬要趕在飛行器失速惡化成螺旋失速前，進行失速修正。

我剛才看到小胖快要學會失速修正，一時忘了螺旋失速的恐怖，讓他練習太久，現在馬克思一號惡化成螺旋失速，朝著海平面不斷急速旋轉，強大離心力已經將小胖甩到腦缺氧，頭軟軟地垂在胸前，昏了過去，我的視線也開始逐漸模糊。

勉強看一眼高度指示計，六千三百呎。這表示我的生命還剩下不到三百秒。三百秒之後，我們將會粉身碎骨。

死到臨頭，我想起那古老的傳說。傳說中，只要拔下獅子的鬃毛，掉落的頭髮就會長回來。

「不對，那是生髮的傳說……別無厘頭了……」我喃喃自語，頭轉得好暈、好想吐，無法集中精神思考。用意志力強迫自己專心回想。

傳說中，在「古世界」文明飛行紀元，螺旋失速並非無解。數以千計的舊時代飛行員，以自身生命做實驗，故意進入螺旋失速狀態，企圖找出修正螺旋失速的標準操作程序。

大多數的人都活活摔死，只有一位幸運的先驅成功。他將脫離螺旋失速的飛行操作程序公諸於世。不過，或許是已經太多人犧牲了，或許是他的操作程序只適用於特定飛行器，沒有其他後繼者嘗試成功。

後來大家寧可用更安全的方法。一旦失速就盡快修正。千萬不要拖到進入螺旋失速。

罷了，都是命吧！我是沒差，活著也沒意思。畢業那年沒有被挑進「空之騎兵隊」、反而來到飛行學院當導師，還專門教一年級菜鳥班，每天都很憂鬱，我早就活得不耐煩了。人活在這個世界上，為什麼會有這麼多的痛苦呢？

但是當我轉頭看到小胖，一股強烈的使命感、責任感如電流般衝入我全身。

「不行！這麼帥的胖子！我一定要讓他活下去！我一定能修正螺旋失速！」我幫自己打氣。這時候如果我放棄，小胖注定要葬身在此。

看一眼高度指示計，四千九百呎。我努力回想古世界先驅公布的飛行程序大意。

第一步，首先要確認是左螺旋失速還是右螺旋失速。

我的身體、體內的血液不斷被甩向右半身，我判斷這是左螺旋失速。

第二步，方向舵往反向踩到底、副翼反向轉到底。確認方向舵有踩好踩滿。

我猛踩右舵、同時副翼向右打滿。

機身沒有反應。

第三步，回正方向舵、副翼逆向修正、再重複第二步，直到重新取得飛行器控制能力。

試了又試、試了又試，我嘗試四次之後，體力已經到了極限，身體好累、好痛苦，我好想結束這無止盡的暈眩……

第四步，不論失敗幾次，務必維持求生信念、一再嘗試。

馬克思一號還是不斷急速旋轉下墜，高度只剩三千五百呎，我好灰心，好灰心……眼淚跟鼻涕通通被甩到右側的強化玻璃艙罩……

好累喔……我好想死……就這樣結束也不錯……

臨死前，我想到我的母校，「藍磯鶇飛行學院」的禮堂，大剌剌掛著這句警語。

進入螺旋失速，就代表死亡。

我開始啜泣。

全校第一名畢業。各單位來挑飛行員。

「天空巡邏隊」沒有挑我。「空之騎兵隊」沒有挑我。「航空部隊」沒有挑我。

「國土安全偵查隊」沒有挑我。「特種飛行中隊」沒有挑我。

「軍事情報局」沒有挑我。「憲兵隊」沒有挑我。「國家安全局」沒有挑我。

對我有興趣的只有「空之清潔大隊」、「廚餘與資源回收大隊」、「空之灑農藥大隊」跟「雪鴿飛行學院」。

職業無貴賤、行行出狀元，本人沒有任何一絲歧視清潔隊或資源回收業的意思，只不過依我國的飛行文化，最優秀的飛行員都會被挑進「空之騎兵隊」，打擊私梟；而我一直自認為是全校最頂尖的飛行員。

礙於自尊心，我選擇去雪鴿飛行學院當老師。但是這巨大、強烈的恥辱，卻每每在夜晚嘲笑著我、折磨著我、踐踏著我。這**巨大、強**烈的恥辱，每晚反覆強暴著我的驕傲、蹂躪著我的尊嚴。

突然間怒火攻心。擦乾眼淚。

「**我是愛庫洛夫！我不是懦夫！我不是普通的飛行員！**」我在旋轉的駕駛艙內嘶吼。

在這電光石火之際，我像被雷打到般靈光乍現，腦子突然間變清楚。「古世界」的先驅開的是一種罕見機型，叫「湯爐浩克」，文明滅亡前，一共只有製造三十架。我在史料館看過照片，這種機型翅膀浮力很大、比馬克思一號大很多，所以運氣好一點真有可能脫離螺旋失速狀態。

既然馬克思一號的機翼沒有辦法產生如同「湯爐浩克」的巨大浮力，那我必須靠縮小攻角來換取更多的控制力矩。

觀察一下機翼，攻角太大，無法製造浮力。

我踩右舵、副翼向右打滿。同一時間，我將節流閥推到底、油門先關到最小、再開到最大。這時候我已經沒有勇氣去看高度指示計，所有的注意力全部集中在操控馬克思一號。

攻角似乎有縮小一兩度，馬克思一號有鬆脫跡象。當然也有可能是我的幻覺，不過控制權確實一點一滴回到我手上，間接證實我的判斷。

重複操作一遍。關掉油門。右舵踩到底。副翼向右打滿。確認右舵有踩好、踩滿，副翼有向右打好、打滿，節流閥陡然間開到最大，一口氣縮小攻角，讓氣流能順利通過機翼。

「**接下來就是見證奇蹟的時刻。**」

馬可思一號先是不規則劇烈晃動、然後不再旋轉，頭上腳下地像一大鐵塊往下落。我們從螺旋失速回復到普通的失速狀態。

我趕忙調整水平尾翼、升降舵一拉，找到地平線，副翼回正，緩緩拉操縱桿，在距離海面一百呎的高度改平。往海面看了一眼，波光粼粼，可以清楚地看到魚群追著馬克思一號的影子奮力游著。

全身血液被甩到右半身、在極度不平均的情況下，我腦缺氧、心室缺氧，用意志力維持意識清醒已經消耗掉我全部的力氣。

終於明白，從古到今無人能脫離螺旋失速的最大原因。

剛進入旋轉階段前兩分鐘，飛行員就會被甩到喪失意識，直到飛行器墜毀。

昏迷的飛行員，自然沒有機會嘗試修正螺旋失速。

「……求救……請求雷達導引……沒有能力飛回本場……」我用無線電求救，體能超過極限，我早就是靠精神力量支撐著不昏迷。

「訓練機！你在本場西南西五海浬，高度一百五十呎。」航管嚇一跳。

「……迫降地點……請導航……迫降地點……」我聲音越來越虛弱。

「土庫漫島，航向洞九洞，兩海浬，有一塊兩千平方呎的空地。」航管幫我找最近的緊急降落地點。

我視線模糊且不停中斷、就像收訊不良的老舊電視機一般，會跳格、會停格、也會突然間全黑。從八千五百呎急降至海平面，我的胸腔無法適應、眼壓錯亂、肺部劇痛。

我撐不到土庫漫小島。

可以預見馬克思一號會墜海，機體結構會變形，小胖跟我將會困在駕駛艙裡，打不開艙門，無法逃生，活活淹死。我知道，我已經透支太多體力，器官受損程度不明，再過幾秒我就會喪失行動能力。

儀表板下方有一劑腎上腺素。這針打在我的靜脈，來不及發揮效果我就會昏迷。

而且，最重要的是，我怕痛。

我能做的只有一件事。

伸出左手，用最後僅剩的力氣，從儀表板下方抽出針筒，左手大拇指彈開保護蓋，毫不猶豫地將針頭插在小胖大腿內側的靜脈、推入活塞軟管、將腎上腺素注射進他體內。

我的意識已跟著螺旋失速，脫離現實，雙眼一黑，頭撞向操縱桿。

隱約聽到小胖大吼「啊啊啊痛啊」……

我真希望我能多教小胖一點東西……

我真希望我以前對小胖好一點……

我不怕死，但我真心希望小胖能救他自己一命……

螺旋失速。

意識脫離。

2

馬克思航太

清醒的時候，我聞到醫療部門特有的消毒水味。睜開雙眼，看到「雪鴿飛行學院」院長坐在我的病床左側，正低著頭在看資料，聽到聲音抬頭看我一眼。

「醒了？會不會想吐？你的頭在機艙裡亂撞，醫生說你有腦震盪。」

「……院長……小胖！小胖沒事吧？」我一回想起昏迷前最後的記憶，焦急地問他。

「小胖沒有飛去土庫漫島迫降。他說油很夠、可以把馬克思一號開回本場，所以航管把航線淨空，引導小胖返航，優先進場，最後平安降落在沙鷗機場。愛庫洛夫，你把小胖訓練得很好。」院長露出笑容，「我委屈你教十二歲的菜鳥，看來似乎適得其所。」

一年級導師最重要的任務，就是教會這些菜鳥駕駛飛行器起飛、飛回本場降落，以及失速修正。

「還有，小胖說，他嚇昏前依稀記得馬克思一號進入螺旋失速，不過醒來的時候已經脫離。他沒看到你是怎麼辦到的。」院長緊張，又再確認一次，「你真的成功修正螺旋失速？現在你的病房外面，停了三十幾台SNG轉播飛行器，超過一百家新聞媒體、平面媒體在等你開記者會，還包括沙鷗電視台的資深記者。」院長很興奮。沙鷗電視台是全國性媒體，我們共和國大小離島都能收到沙鷗新聞台的無線訊號。

「從來沒有人可以從螺旋失速中死裡逃生，除了那個傳說……」院長搖頭，「等一下穿這件背心開記者會，幫我們飛行學院打個廣告。」院長邊講邊拿出一件背心，正面大大印著「雪鴿飛行學院熱情招生」等字樣的宣傳服，背面還有院長俏皮大頭照，遞給我換上。

這時候，我忽然發現院長身邊有個高瘦的身影。一位穿著時尚的女子一直沒說話，直到她站起身，走到我病床邊，我才驚覺。

「你好，我是馬克思航太的公司代表。我們願意出高價購買脫離螺旋失速的飛行程序。我所謂的高價，就是你開多少、就多少，」那女子遞給我一張名片跟一張空白支票，「只要你暫時先別對外公開飛行操作細節。」

馬克思航太是馬克思一號的製造商，專門生產單引擎螺旋槳飛行器，主要顧客群是一般家庭用機跟飛行學院訓練機，產品線包括馬克思一號、馬克思二號、韋伯九百、孔德號，跟前年已經停產的吉燈絲號。

我好奇這種大財團的底價，故意不置可否，換上雪鴿飛行學院宣傳背心，跳下病床，直接走到病房門口，企圖拉高談判籌碼。

沒想到才剛打開病房大門、閃光燈幾乎讓我瞎了眼。

「愛庫洛夫先生！請您對著我們的鏡頭說說話！您是不是真的成功修正螺旋失速？」一群記者、攝影大哥蜂擁而上，把我團團圍住，

五六十支麥克風往我臉上戳來，嚇了我一跳。這麼大陣仗，我看到後面幾家新聞台為了卡位已經打起來，趕忙大聲疾呼。

「大家安靜！不要激動！前面的蹲下、不要擋到後面的攝影機！我會說明清楚！等一下也會發新聞稿給大家！請大家不要再往前擠了！」我還故意等幾秒鐘，讓採訪記者把自家麥克風上的新聞台名牌轉正，「還有，閃光燈對我下巴，不要對著我頭頂，我不是禿頭，只是額頭比較高，會反光。」

我安靜，等他們調整好位置才繼續。

「我在教學生失速修正的時候，讓馬克思一號處於失速狀態時間過長，結果惡化成螺旋失速。」

雖然早就知道，但當我一說到「螺旋失速」四個字，在場所有記者還是發出一片驚呼聲。

「那時候，我的學生已經被強大的離心力甩昏，我也視線模糊，幾乎快失去意識。我腦海中唯一想到的只有一件事——死亡。」我說到這，也忍不住不寒而慄。

「接著，我想起那古老的傳說……」我刻意停頓、開始演戲，抬頭看看天空，將視線移向遠方，想要增加戲劇效果。

「是那個『拔了獅子的鬃毛，掉落的頭髮就會長回來』的生髮傳說嗎？」沒想到有位資淺記者忍不住插嘴。

「你哪一家新聞台的？**實習生不要亂問問題！**」我心虛、惱羞成怒地開罵，「我想到傳說中的古世界飛行紀元，曾經有一位先驅成功修正螺旋失速。我嘗試先驅的飛行程序，卻發現飛行器型號不同、機翼形狀不同、展弦比不同、載重平衡不同，脫離螺旋失速的程序也不一樣，必須視飛行器特性調整。」

說到這裡，我略微思索。

「我先整理一下記憶，晚點會免費給大家下載脫離螺旋失速的飛行程序。」說完，我站在人群中央，依平面媒體的請求，擺姿勢供他們拍照，順便接受大家提問。

這場記者會搞了大半個小時，好不容易各大媒體拿到紙本新聞稿，也都拍夠了我的特寫，陸續走回他們的轉播飛行器。我回到病房內，馬克思航太公司代表把我攔下。

「愛庫洛夫先生，你可能沒聽懂我的意思。我剛剛說的高價，其實是天價。只要你說得出口，我們公司都付得起。」黑衣女子焦急，擔心我真的免費公布修正程序。

「哼！我知道你們的企圖！想獨占脫離螺旋失速的技術，來壟斷飛行器的市場。」我生氣，「我一定會免費將飛行程序公布給全國百姓！造福人群、功德無量！我才不稀罕錢，我們飛行學院的薪水是很微薄沒錯，但是也夠我三餐溫飽，別小看我！」

「別大聲嚷嚷，回去我給你加薪。」院長一臉尷尬、輕聲囁嚅。

那黑衣女子冷靜思考，似乎在回想我的個人檔案。

「我們馬克思航太，可以做到全國前三大航空器製造商，靠的不止是財力，還有深不見底的人脈關係。」黑衣女子暗示。「動用關係，把你弄進『空之騎兵隊』，也不是不可能的事。」

「像這種事情，妳就要早點講啊！」我心動了，還怪人家，伸手從院長的公事包抽出紙跟筆，「口說無憑，白紙黑字寫下來，免得我給妳螺旋失速修正程序，結果妳把我弄進空騎隊的人事室，坐辦公桌。我要進作戰組。」我一說完，黑衣女子臉色一沉。

作戰組是空騎隊菁英小組，專門出戰鬥任務，打擊武裝私梟跟空中土匪。看樣子她本來打算在空騎隊隨便找個人事行政的職缺打發我便是。

「不簽?也行，我逗著妳玩的。本人是堂堂正正的飛行導師，不幹檯面下利益交換這種事。妳請回吧！」我把馬克思航太代表連同院長一起轟出病房，「為了全國同胞的利益與福祉，我會在雲端詳實公布脫離螺旋失速的飛行操作程序，任何細節都不會漏掉。」說完，我關上門。

隔天一大早，我在飛行學院導師室碰到四年級的飛行導師——希芽公主。

「愛庫洛夫！昨晚每台都是你的新聞！你公布的脫離螺旋失速的操作程序是真的嗎？」希芽公主興奮。希芽公主依照皇室傳統，到民間教書一年，體驗百姓疾苦，是學院最受歡迎的飛行導師。

「貨真價實、如假包換啊！妳可以故意進入螺旋失速試試看，我的程序保證有效。」我說。

「喔不！謝了！我才不敢試！萬一修正不出來怎麼辦。對了，昨天你在醫院，我幫你代課，你的班好多愛頂嘴的學生。」希芽公主跟我抱怨。

「妳幫我代課?那妳自己的班怎麼辦?」

「四年級都可以單飛了,他們自己飛上去練習,我用無線電指揮而已。你那小胖子徒弟,他昨天載著你從練習空域一路飛回我們機場,降落降得還不錯,」希芽公主稱讚我,「難怪我們這些高年級的導師那麼輕鬆,有你這名師在一年級把關,把他們的初等飛行基礎打得這麼好,真是太謝謝你了,愛庫洛夫。」

被公主稱讚,我微微臉紅。

「不瞞妳說,我已經受夠一年級的菜鳥了,不過小胖倒真的救我一命。我下課再去他們家探望一下,好好謝謝他。」我收拾教材,背著我的飛行包包,準備走去停機坪等學生,又被希芽公主叫住。

「喂!幫你代課,好歹請我吃個飯、看個水上電影吧?」水上電影院在黑面琵鷺島南灣,影像投射在整面懸崖峭壁,大家自行開飛行器找位置下錨固定。

我笑著點頭，離開教室前對希芽公主豎起大拇指。

從雪鴿飛行學院的導師辦公室出發，走到停機坪大約十分鐘。雪鴿飛行學院刻意蓋在沙鷗機場旁邊，就近利用沙鷗機場來練習陸地起飛降落程序。我們共和國幾個大島都有陸地機場，沙鷗島是其中之一。一年級先學習陸地起飛與降落，二年級開始接受水上飛行器訓練。沙鷗共和國只有一千多座陸地機場、卻有一萬多個海上碼頭，全國海域與陸地面積比是十三比二，離島跟離島間開水上飛行器停泊在碼頭的固定費比陸地機場的落地費便宜許多。

我走到停機坪，學生們看似早已等在那兒，左顧右盼，一見到我，全部衝上來。

「愛庫洛夫！昨天每一台都是你的新聞！」

「愛庫洛夫！我媽媽求你教她螺旋失速修正！」

「喔喔喔！我好興奮！愛庫洛夫！我可以跟你握個手嗎？」

只有莉莉笑不出來，頭低低地晾在一旁，眼眶泛紅。她爺爺七個月前在狐狸島東北東兩海浬的空域遭遇低空亂流來不及修正，進入螺旋失速、墜毀在海面。

原本每天放學都是爺爺開飛行器來接莉莉回家，那天爺爺沒有來我們飛行學院，我怕莉莉餓了，還先帶她到導師宿舍的餐廳吃晚飯。一直沒等到爺爺，最後等到的是天空巡邏隊帶來的噩耗。請了兩個星期的喪假，莉莉再度回到學校後，變成全校最用功的學生。求知慾望近乎飢渴，她不斷壓榨我所知道的一切飛行知識，也因為如此，我教她的東西已經遠超過一年級國民義務教育需要了解的程度。

「愛庫洛夫，你真的辦到了？你一定要教我。」莉莉請求。

「其實我只有成功一次，我不知道是不是運氣好。等我多練一段時間，確定每次都可以修正螺旋失速，我一定會教妳。」我向她保證。

「莉莉，高度會不會太高？」我們離跑道只剩半浬，已經可以看到跑道頭的數字，馬克思一號卻還在八百呎高度，我忍不住出聲提醒她。

「沙鷗雷達，馬克思一號放棄降落，重飛一圈。」莉莉果斷地放棄降落。

「**收到！沙鷗雷達！**」航管透過無線電頻道低吼。

我指定莉莉降落在么拐跑道，這條跑道是兩六跑道一半長而已，我們如果硬要急降高度，空速會過快，落地以後跑道長度不夠我們煞車。

我看莉莉很乾脆地決定重飛，拿出學習成績評量表，記錄下來，在飛行判斷那一欄給她加分。

說實話，開飛行器很簡單，猴子都會開，你就教猴子拉這個、按那個、推這個、壓那個，猴子一樣能駕駛馬克思一號飛上天空；難是難在飛行判斷，也就是應變能力。

天氣千變萬化，風切說來就來，風向隨著時間會變、季節會變，每天的溼度、大氣壓力、空氣密度、露點，都會影響飛行器的性能。所以一年級的義務教育，除了起飛、降落、失速修正，還要訓練菜鳥對大氣環境的觀察力，培養正確判斷力。二年級教育重點是飛行理論、民航法規範、飛行工程概論，三年級著重航空氣象學、積雲匿蹤與儀器飛行，四年級學員重點則放在各類型機種操作轉換訓練，跟難度較高的纏鬥飛行。政府部門與公家單位會到各個飛行學院挑選應屆畢業生，進行更專門的職業訓練。

我跟莉莉在機場上空繞了一圈，重新對正么拐短跑道中心，莉莉記取前一次的教訓，提早降低高度。

「放襟翼。十度。二十度。三十度。收節流閥。」莉莉一邊操作降落前程序，一邊念出聲提醒我，以免我臨時接手操控飛行器，忘記目前機翼外型。

馬克思一號開始降低高度，空速緩緩上升，放襟翼的目的在於可以用更陡的角度下降，卻同時減緩空速劇增。

距離跑道還有兩百呎，我盯著高度指示計，怕她忙不過來，報高度給莉莉。

「一百呎……五十呎、四十呎、三十呎、二十呎……」高度剩下二十呎，莉莉拉平機頭，開始平飄。

馬克思一號一邊飄、一邊往左微微側滑。有股地形風從西方吹來，將馬克思一號吹到跑道中線左側，莉莉不慌不忙地踩右方向舵、副翼往右打，帶著飛行器又飄回跑道中心線上方十呎，繼續慢慢平飄。

眼看跑道過了四分之一，剩餘的跑道快要不夠用，再不觸地，就只好放棄降落、重飛一圈，所以我又提醒她。

「故意失速。」我語氣堅定。

莉莉聽從指示，節流閥全部拉掉，機頭拉二十度，讓攻角大到無法產生任何浮力，我們身體微微向後仰起，但這時馬克思一號的空速已經很慢，沒有動力爬升，駕駛艙內的失速警報器剛發出蜂鳴聲，飛行器主輪已經觸地，過了一秒鐘，鼻輪跟著觸地，我跟莉莉趕緊放減速板，用剩餘跑道滑行減速，接著我們踩煞車，馬克思一號在跑道盡頭前十五呎停住。

「故意讓飛行器失速，妳可以精準控制落地的位置。不過切記，要在離跑道十五呎內的高度故意失速。超過這高度，馬克思一號摔在跑道上的力道太大，主輪支架承受不住會折斷、變形，」我叮嚀，「務必要準確地落地失速。」

莉莉點頭，將飛行器滑行到左側跑道出口，準備繞回跑道頭起飛，再練習一次。馬克思一號在滑行道上慢慢前進，我關心一下莉莉的情況。

「新家住得還習慣嗎？」我問。

「還好。我其實不需要新的監護人，只要有地方洗澡睡覺就可以了。」莉莉聳肩。

莉莉原本跟爺爺相依為命，爺爺出事以後社會局將莉莉接到寄養家庭，艾雪夫婦是一對很有愛心的老夫妻，艾雪太太天天開冠羽畫眉號載莉莉來上學，下午放學都會提早來學校等莉莉。艾雪先生則是私底下跟我聊過，他們很喜歡莉莉，夫妻倆已經向法院正式提出收養申請。

我看看手錶還有一個鐘頭才下課，我決定帶莉莉練練不一樣的機場。

馬克思一號起飛之後，我跟航管要了往北的航路，順著洞三五航向我們一路北飛，莉莉疑惑。

「愛庫洛夫，我們要飛去哪？不練短跑道降落了？」

「我們去麻鷺島。讓妳挑戰一下沒練習過的跑道。」我神祕地說。

麻鷺島是沙鷗共和國東北方大島，島上居民超過三萬戶。飛到麻鷺島上空，我跟莉莉遠遠就看到麻鷺機場高度指示燈，跟小胖他們家蓋在麻鷺機場旁的超豪華獨棟別墅。

「馬克思一號，三五跑道，第二順位降落，麻鷺雷達。」麻鷺機場航管指揮我們。

我轉頭交代莉莉：「等一下就全交給妳來降落，我不會碰操縱桿，也不會幫妳踩方向舵。」

莉莉有點緊張，專心盯著遠方的跑道中心線。排在我們前一架等待落地的機型是馬克思五號，也是水陸兩用機，莉莉見到馬克思五號落地，她立刻開始放襟翼，降低高度，準備進場。

過去訓練都是在沙鷗機場，現在換了一個機場，莉莉難免感覺生疏，有點手忙腳亂地抓不太準下降率。

「麻鷺機場，沙鷗機場，都是一樣的下降程序。」我提醒。

「噓！噓！不要講話、讓我專心！」莉莉噓我。

我乖乖閉嘴。這是她第一次飛這個機場，緊張在所難免。

馬克思一號襟翼目前只放到二十度，莉莉好像是故意的。我看我們的空速有點慢，推測她有她的想法，我放手讓她照自己的判斷來飛。

高度剩兩百呎，莉莉這時才把襟翼放到三十度，搖搖擺擺地對正跑道中心線，果然空速回到最佳進場標準，六十節。我又拿出學習成績評量表，記錄下莉莉的表現。

看到跑道頭的數字了，離地剩五十呎，我幫她報高度，「……四十呎……三十呎……二十呎……」

莉莉緩緩拉操縱桿、讓機身平行於跑道正上方，開始平飄。接著，她想起來我半小時前剛教的飛行技巧，精準失速落地，於是刻意將操縱桿拉過頭一點，讓馬克思一號機首微微向上仰起，同時抽掉節流閥、油門全關，不到兩秒鐘，駕駛艙內的失速警報器開始發出蜂鳴，失速的馬克思一號離跑道不到五呎，才往下掉一點點主輪就已經觸地、降落在跑道上，微仰的機首前傾、鼻輪也觸地。我怕莉莉忘記，偷偷幫她踩煞車，一邊稱讚她。

「降得不錯喔！期末考妳有這樣的水準，就沒問題了。不過滑行一段以後，要記得踩煞車。」

「那怎麼我沒踩也會減速？」莉莉驚訝。

「我幫妳踩的。走吧，滑行到六號停機坪，我們去小胖家探望他一下。」我交代。

3 雷馬特走私集團

小胖的媽媽非常熱情地招待我跟莉莉，拿了好多食物，吃的、喝的堆得像小山一樣高。

「愛庫洛夫老師，今天留下來吃晚飯好嗎？還沒跟你喝過，不如我們把我先生的二十年珍藏香蕉釀開來慶祝？」坐在小胖家豪華別墅內的客廳，小胖媽媽很興奮。

「謝謝，但我待會還要載莉莉回學校，酒駕罰很重。」我婉拒小胖媽媽的好意，「我們今天來是看看小胖好點沒？何時可以回學校上課？」

這時候小胖從別墅二樓衝下來，看到我們就大聲尖叫：「愛庫洛夫！你一定要教我修正螺旋失速！」

「小胖！你復原得差不多了吧？」我看到小胖很有活力，也鬆一口氣。

「我可好得很！載你飛回沙鷗機場，大家都一直說我很厲害，可是明明就很簡單，我們早就練習過一兩百次了，對吧？」小胖臭屁。

「練習過很多次了是沒錯，但我都是清醒的狀態，還不斷提醒你開汽化器加溫裝置、注意高度、放襟翼……側風太大，我也有偷幫你踩方向舵修正。你前天真的很厲害，表現很精采，」我向小胖道謝，「期末考你如果沒有空就不用來了，我直接給你頂標。」

「喔耶！」小胖歡呼。

「不行！愛庫洛夫！」莉莉抗議，她想要拚全班第一名，「我也可以單獨飛回沙鷗機場！等一下我證明給你看！」

在小胖家坐了半個鐘頭，小胖媽媽極力挽留我跟莉莉留下來吃晚飯。盛情難卻，若不是因為我知道艾雪夫婦很疼莉莉，每天都會提早到學校接她放學，我也不會堅持。

「真的很感謝！不過今天冒昧打擾不好意思，下次再約吧！」

「愛庫洛夫老師，你一定要找時間讓我們請一餐！」小胖媽媽跟小胖妥協，還硬拿兩大袋食品要我跟莉莉帶回學校請大家吃。打開一瞧，裡面都是上等舶來品，各種口味的高級香蕉罐頭，袋子裝不下的罐頭還塞進我的飛行包包。

現在回頭看，如果我那時候留下來吃晚飯，或許會有完全不一樣的人生。我生命中的關鍵轉折點，差了幾分鐘，卻有天翻地覆的不同。平平淡淡、簡簡單單的生活，像白開水似的幸福，自那天起離我遠去。

從麻鷺機場起飛開始，我完全放手讓莉莉一人操縱。往西飛回沙鷗機場，要面對西下的太陽，我拉下遮陽板，臉往右側靠著駕駛艙罩，不是很專心地幫莉莉監看三點鐘方向的空中交通。

恍惚間，我隱約看到十幾個灰色小點編隊飛行，從我們右側遠方倏地消失。

編隊飛行在我國屬於絕對禁止之危險行為，因為其中一架失速，就會造成追撞，只有空中巡邏隊、空之騎兵隊與軍方單位才能不經過申請，集體等速編隊飛行。

我那特好的視力，看到整組機隊往東北飛，推測是走私集團載運違禁品，正準備去黑市銷贓。沒看到就算了，既然無意中發現，我立刻用無線電緊急頻道一二一・五通報。

「馬克思一號呼叫天空巡邏隊，我要報案，麻鷺島西方五海浬發現十架以上飛行器編隊飛行，高度約一萬呎。」我才剛說完，立刻聽到無線電傳來一陣雜訊，接著出現一低沉嗓音。

「敢密報啊？你以為我們不會監聽檢舉頻道？洩漏我們雷馬特集團行蹤的唯一下場，就是墜毀在海平面。」低沉嗓音威脅我。

「馬克思一號呼叫空之騎兵隊，麻鷺島西方五海浬發現走私集團編隊飛行，疑似載運私貨，高度約一萬呎，自稱是雷馬特走私集團。」不理他，我轉到另一緊急無線電波道二四三・〇，繼續報案。

就是因為大家都裝做沒看見，才讓走私集團越來越囂張。我愛庫洛夫吃軟不吃硬，恐嚇我沒用。

我又把無線電轉到麻鷺雷達，繼續跟航管報案，「馬克思一號呼叫麻鷺雷達，麻鷺島西方五海浬發現雷馬特走私集團編隊飛行，疑似載運私貨，高度約一萬呎。」

麻鷺雷達的航管尚未回覆，就聽到走私集團繼續占用無線電波道恐嚇我們。

「臭沙鷗蛋！我要把你宰了祭天！第二組脫隊，去給我把那架破銅爛鐵打下來！」陰沉嗓音變激動，故意在無線電裡下令追殺。

轉頭一看，有三個灰點漸漸轉向，跟機隊脫離，朝我們逼近，機身越來越大、越來越清楚。

我目視確認機型。

灰色塗裝、腰縮式機身、前掠翼、下反角、單垂直尾翼、渦輪噴射引擎、雙管高速火炮。

一股涼意從我的腳趾麻痺到髮梢。

陰霾號。黑死病公司製造的戰鬥飛行器。

黑死病是國外一家惡名昭彰的軍火公司，專門研發像陰霾號這種高性能戰鬥飛行器，賣給非法武裝份子謀取暴利。前掠翼的專利設計非常大膽、前衛，大舉增加陰霾號近戰、纏鬥的靈活度，也成為其註冊商標。

我們馬克思一號是家用機，橢圓翼，活塞引擎螺旋槳驅動，空速單位是「節」，極速大約一百六十節左右。

陰霾號是空戰機，渦輪噴射引擎，空速單位是自家專用的「鶴」，硬要換算成「節」也行，在攝氏二十度、海平面以上的條件，陰霾號極速一點三「鶴」，換算超過六百節，一般通用的空速計

指針會破表繞三圈。

難怪我幾秒鐘前才看到三粒鼻屎大的灰點，眨眼間已經可以目視確認機型。

而且還有武器系統。

「……愛庫洛夫……那三架有火炮……爺爺……」莉莉害怕得語無倫次，夕陽照射在火炮膛口的金屬反光已經嚇到她。

「別怕，我們也有武器系統。」我轉頭環視駕駛艙內，尋找可用資源，同時安撫莉莉。聽到馬克思一號有武裝，莉莉喜出望外。

「在哪？」

「妳來飛，我打開窗戶用小胖媽送的香蕉罐頭丟他們。」我說完，莉莉失望到拿罐頭要丟我。

我接手操控馬克思一號，油汽混合比調最高、節流閥開到最大，空速已經接近馬克思一號的極限，跟陰霾號相比卻像是靜止在原地不動。

我回頭看一眼，後方空無一物，心裡暗嘆一聲慘了。

被追上了。

三架陰霾號陡然間從我們左側、右側、下方衝出，在我們正前方急轉向上、垂直爬升，炫耀其爆炸性的引擎推力，留下三條凝結尾在我們駕駛艙正前方。我跟莉莉被突如其來的變化嚇一跳，馬克思一號受到他們機尾亂流影響劇烈晃動、幾乎失速。

聲音的速度比較慢，等三架空戰機衝上雲霄，我們才聽到震耳欲聾的噴射引擎噪音，強力衝擊我們的鼓膜與駕駛艙罩。

兩海浬水平距離，不到二十秒就被追上，陰霾號還可以像貓捉老鼠似地玩弄我們。

不用開火，光靠噴射引擎廢氣就足以讓我們墜毀。

「徹底殲滅，速戰速決。巡邏隊接到報案已經出動，你們快點下手，別留活口上法院作證。」陰沉嗓音透過無線電下令。故意用不加密頻道，就是要說給我跟莉莉聽，讓我們心生畏懼，放棄求生的意志。

我反而冷靜下來。

飛行員最忌諱的就是慌張。人一慌，大腦就會當機，無法思考解決問題的方法。

三架陰霾號垂直繞一圈三百六十度的迴旋，即將回到我們後半球位置。飛最前面的主機搖擺雙翼、調整火炮。另外兩架僚機退到主機後方，保護主機機尾空域，同時也堵住馬克思一號可能的迴轉方位。

我心知肚明，等天巡隊或空騎隊趕到現場，馬克思一號早已是一堆廢鐵，我跟莉莉不是被火炮打成屍塊，就是跟飛行器一同化成火球，沉入海洋。

「莉莉，我要故意失速，用力繃緊妳右手臂與右大腿的肌肉，別讓血液全甩到右半身。」我邊說，邊放減速板、抽掉節流閥、油門全關，副翼卻全往左打，左腳也把方向舵踩到底。

馬克思一號先是一震，接著不規則震動開始傳染整架機身，失速警報器開始發出蜂鳴，我跟莉莉也離開座椅、被安全帶勒住，駕駛艙進入失重狀態，機艙外景觀開始無規則旋轉。

耳朵聽見火炮膛口一分鐘兩千發射速的運轉聲，不過我失速得很突然，暗自祈禱別被擊中油箱。

眼見馬克思一號從不規則掉落的普通失速，漸漸進入向左旋轉螺旋失速，我立刻繃緊右半身肌肉，避免陷入血液不平均的昏迷。

開始急速旋轉，隨著重力加速度越轉越快。

不斷向下旋轉急墜，強大的離心力甩得我頭痛愈裂，很想吐卻連嘴巴都張不開，勉強看一眼莉莉，她已經昏了過去。

高度剩六千呎。

我不修正，繼續讓飛行器急轉下墜。因為我餘光看到一架陰霾號跟著我們俯衝，那駕駛左右調整視角、在觀察我們是否刻意進入螺旋失速。

事實上，進入螺旋失速，陰霾號也不用浪費彈藥將我們擊落。等個三分鐘，確認馬克思一號墜海之後，就可以回去交差。

「馬克思一號！剛剛是你們用緊急波道求救？你們還好嗎？」無線電傳來通話聲，天空巡邏隊正好有兩架在附近巡邏，接到報案立刻趕來。

我被螺旋失速甩到七葷八素、連呼吸都很困難，一開口說話便會咬斷舌頭、更別說提醒巡邏隊注意陰霾號。

「啊……遭受武力攻擊……」無線電傳來哀號聲，接著一片死寂。我心一涼，巡邏隊八成被擊落一架，另一架如果夠聰明就快跑，等空騎隊來支援再說。

姑且不論飛行員的技術，單就陰霾號的性能來看，不是天空巡邏隊可以接戰的程度。

高度剩三千呎。

跟著我們俯衝的陰霾號，這時候迴轉副翼，輕鬆翻滾一百八十度，拉機首改平。這種讓人目瞪口呆、羨慕到口水直流的靈活度，全拜其前掠翼之賜。家用飛行器以橢圓翼為主，展弦比高，可以在有限的機翼面積製造最大的浮力。傳統戰鬥飛行器，例如空之騎兵隊的「玳瑁號」，後掠翼設計搭配上反角，可以增加動態穩定性與最大空速。而陰霾號的前掠翼，犧牲動態穩定性與浮力，換取更大的翻轉自由，跟極小的迴轉半徑。

空戰中，誰的迴轉半徑小，誰就能搶先繞到對方冷邊將之擊落。

高度剩兩千呎。這高度還可以再撐下去，不過我的視線開始模糊。儘管我繃緊肌肉、用最原始的方法對抗離心力，卻還是有大半的血液已經不平均地流入右半身。

我撐不下去了。

開始修正。

關節流閥。

右方向舵踩到底。

副翼向右打滿。

陡然間油門開到最大、一口氣縮小攻角。

一回生、兩回熟，馬克思一號成功脫離螺旋失速，進入不規則掉落的普通失速狀態。而且有前車之鑑，我趁還能行動，先拿出針筒裝的針腎上腺素放在一旁。

但是我忘了一件很重要的事。

這架馬克思一號前天才剛經歷過一次螺旋失速，機體結構受損程度未知，今天又被我拿來操到極限。

舊時代的莫非定律，指的是只要有可能出錯的事，就一定會出錯。在我們新世界稱作鳥屎定律，只要有可能被鳥屎打到，就一定會被鳥屎打到。

果然，我要將馬克思一號改成平飛狀態時，升降舵變很遲鈍，拉不太動。

回頭看一眼，馬克思一號水平尾翼金屬疲乏產生的裂痕已經蔓延到整片垂直穩定舵。

我不敢再檢查機身，看準前方兩百呎一座小島，直直往前滑翔，飛多少算多少，同時急降高度，讓馬克思一號貼海低飛，減少待會迫降海面的重力加速度。

拉出洩油滑桿，我開始放空油箱，以免迫降時發生爆炸。

「嘰嘰……嘰嘰……」金屬扭曲的聲音。

「耕耕……耕耕……」水平尾翼蒙皮起皺摺的聲音。

這不是我在等的死亡預告。

「嘎茲……嘎茲啵……嘎茲啵……啵……」機身鉚釘彈出的聲音一傳入我耳中，立刻知道我們滯空時間剩不到幾秒、飄不到前方小島。

「啵……啵啵……啵啵啵……啵啵啵啵啵……」

更多鉚釘彈出、馬克思一號馬上要在空中解體了。

為了避免墜海時駕駛艙變形、打不開艙門，活活淹死，我趕緊一腳踹開我身旁的機門、整片卸下，同時將充氣的飛行包包當安全氣囊，擋在莉莉面前的儀表板。

還沒準備妥當，水平尾翼就整片脫落，垂直尾翼也扯斷馬克思一號的派龍。派龍是飛行器的骨架，骨架一斷，馬克思一號瞬間支離破碎、散落在海面。

我眼睜睜看著駕駛艙衝入海中、撞昏了一群花斑劍尾魚跟兩隻海豚，巨大的撞擊力道讓我的頭壓碎儀表板壓克力。

轉頭一看莉莉，她的臉埋在飛行包包裡，我伸手解開她的安全帶，再解開我的安全帶，拖著莉莉掙扎出駕駛艙。

頭好痛好暈，我滿臉溼黏，分不清是海水還是血水，這跟時間賽跑的逃命關頭沒空止血，我抱著莉莉、拖著飛行包包奮力往光亮的地方游。

從一片漆黑的海水中探出頭，我浮到海面上，莉莉被嗆醒。

「我背妳，抓我的肩膀。」我跟她說，背著莉莉，把飛行包包當浮筒來用，向前方的小島游去。

4

洩油滑榫

游到小島沿岸，我馬上有不好的預感。我看見海產褐藻。拿起一片海帶狀的褐藻放到眼前仔細檢查，是萱菜科的海產褐藻。這裡若非潮間帶，那就表示……**漲潮的時候整座小島會被海水淹沒**。

講白話一點，這座小島其實是礁不是島。沙鷗共和國是群島國家，這也沒什麼好大驚小怪，漲潮會淹沒的島礁連地圖上都不會出現，搜救隊想找到我們有很大難度。

不過這時候我也無法顧慮那麼多，先解決眼下的問題。

「莉莉，妳身上哪裡會痛？」我檢查莉莉的傷勢。

「……我不知道……你的頭在流血……」莉莉看起來沒太嚴重的外傷，反而伸出手按著我額頭。

我甩甩頭，想擺脫劇烈的疼痛，讓大腦可以冷靜思考。現在剛進入七月，還有三個小時才會天黑，天黑後兩個小時是滿潮。

「嗡嗡嗡……嗡嗡嗡……」我還沒理出個頭緒，耳朵已聽到噴射引擎怠速的重低音。

陰霾號。

戰鬥飛行器低速巡弋的運轉聲，這魔音往後會在我的噩夢裡反覆出現。

拉著莉莉迅速上岸，我們爬到岩岸邊幾塊巨石夾縫暫時棲身，觀察那架陰霾號。

只見它在馬克思一號解體處來回打轉，似乎在尋找我們的屍體。繞幾圈沒看到屍體浮出海面，就開始擴大圓弧狀搜索半徑。接著，似乎發現這座小島，迴轉過來低飛盤旋。

「糟了！」我看到我鮮紅色的飛行包包擱在岸邊忘了拿，想必那架陰霾號也看到了。

果不其然，陰霾號放襟翼增加浮力、拉高最低失速空速、放下起落架。

「愛庫洛夫，陰霾號可以在水面降落嗎？」莉莉緊緊抱著我，害怕到直發抖。

「看起來起落架沒有浮筒，應該不行吧？」我身上每個細胞都在祈禱陰霾號不具備水上降落的設計，不過才剛說嘴就打嘴。

黑死病公司是國外頂尖的飛行器製造商，想賺走私集團的錢，就必須設計出比執法單位更先進的飛行器。

只見那陰霾號一邊降高度，起落架掛載的幾團未知材料一邊充氣，在離海面二十呎高度充氣完成，陰霾號流線、前衛的機身突然多出了浮筒，飄降在海平面，還不斷朝向我們藏身之處滑行過來。

看來雷馬特走私集團真的打算徹底殲滅、不留活口。

我心裡也很恐懼。好熟悉的感覺。

前天我放棄求生意志時，轉頭看到小胖幼稚的臉，腦中聽到一個聲音，**「救救這個小胖子吧！看看他滿臉帥氣的橫肉……」**頓時湧現救小胖一命的動力。

現在我轉頭看著直發抖的莉莉，又是一樣的場景、一樣的心境，我揉揉太陽穴保持清醒。

「我有一個計畫，要妳幫忙執行……」我小聲地交代莉莉，同時從我的工作褲內袋裡取出摺疊小刀，扳開刀刃，握在手中。

等陰霾號下錨固定，打開艙罩，爬出一位全身灰色飛行裝、灰色飛行頭盔的飛行員。環視周圍，脫下飛行頭盔，將頭盔丟回駕駛艙，拿出一把攜帶型電子火槍，朝天空開了三槍。

「乾脆點出來領死，我會給你個痛快！」那灰衣飛行員原來是個女的，一頭黑色短髮，蒼白的臉頰。我不知道她的名字，或者也可以說，我知道她的名字。

死神。

冷靜、冷酷。騰騰殺氣掩埋在嗜血的凶殘眼神之下，我跟莉莉不寒而慄。剛剛就是她懷疑馬克思一號故意進入螺旋失速，還刻意跟著俯衝觀察我們有無墜毀。

我相信她可以毫不心軟地宰掉我跟莉莉。

莉莉照著我的計畫放聲大哭、分散注意，故意洩漏藏身之處。我則是從巨岩下方悄悄重新潛入海中，向著陰霾號下錨處游去。

灰衣飛行員跳下陰霾號，三步併作兩步往哭聲跑去，我潛泳在海裡、嘴裡咬著摺疊刀，盡全力快速地游，奢望能趕在她抓到莉莉前成功。

一頭撞上陰霾號下錨的鋼纜，順著纜繩上浮，我打算讓陰霾號沉入海中，拿著摺疊刀開始猛刺陰霾號的充氣浮筒。

這時候，我聽到莉莉的慘叫聲。只見灰衣飛行員左手抓著莉莉的頭髮，將她高高舉起來，冷冷地問莉莉，「另外一個在哪？」

陰霾號的充氣浮筒用的是一種前所未見的材料，高密度、耐磨損，普通摺疊刀別說刺穿浮筒，就連刻出幾個記號都辦不到。我刺了十幾刀，徒勞無功，看到她抓住莉莉，心急如焚。灰衣飛行員開始凌虐莉莉，右手的電子火槍插入腰際，抽出一把獵刀在莉莉的左臉劃了劃。莉莉又開始哀號，我心痛如絞。

鋒利的刀刃劃過莉莉左臉頰，瞬間皮開肉綻。她刻意高舉莉莉，讓慘叫聲傳向四周，企圖引誘我現身。突然間我靈機一動。

每一種飛行器都會有洩油裝置。

當飛行器遇到緊急狀況、需要迫降時，如果油箱太滿，墜毀的飛行器會發生爆炸，將飛行員活活燒死。

所以，緊急狀況發生，飛行員會先將所有油料洩出，再準備迫降。就像我剛剛洩光馬克思一號的油料一樣。

我爬出水面，踩著浮筒頭探進陰霾號的駕駛艙。完全沒見過的儀表板、密密麻麻的操控鍵盤，憑著直覺亂拉一通，看起來像洩油滑桿的拉桿全被我迅速抽出。

我跟莉莉命不該絕，還真被我猜到洩油滑桿，陰霾號的燃料傾瀉而出。噴射飛行器的燃油比海水輕、揮發性高，洩出的油料浮在海面上，陰霾號的油料一下子已漏出一大半。

灰衣飛行員已經失去耐心，猛力拉扯莉莉頭髮，高舉獵刀，準備割斷莉莉的喉嚨。

我跳入海中，只露出腦袋浮出水面，大吼一聲：「臭香蕉！」接著立刻沉入、躲到陰霾號浮筒下，雙手捂住耳朵。

灰衣女飛行員聽到我的聲音，丟下莉莉，抽出電子火槍朝我開了兩槍。她扣發板機之後看似聞到怪味、發現不妙。

海面全是噴射引擎燃油漂浮著，部分油氣霧化在空氣中，兩發子彈已經足以點燃油料。淡藍色的火焰在海面一路燃燒、一路擴散，兩三秒鐘就蔓延到陰霾號的下方，逆勢向上延燒到主油箱。

接著就是驚天動地的大爆炸。

陰霾號被炸得稀巴爛，巨大的震波與音量讓我頭快裂開、嚴重耳鳴，即使我有捂住耳朵也無濟於事。

從海中往岸上看，灰衣飛行員被爆炸威力震飛、撞到岩壁後摔在五米外的岸上。莉莉本來就被丟在一邊，她個子小，受力面積自然小，我擔心她的狀況，潛泳到岸邊，迅速浮出水面，飛奔至莉莉身旁。上岸才發現身上沾到還在燃燒的油料，趕緊在地上滾幾圈拍熄火苗。

莉莉昏了過去。

灰衣飛行員也是。

食指中指併攏壓住莉莉的脖子側邊、試莉莉的頸動脈，脈搏還算穩定。臉頰貼近莉莉的口鼻，耳朵聽聽她的心跳，呼吸心跳正常，應該只是暫時昏厥。

我趕緊打開我的飛行包，裡面有消毒紗布，簡單包紮一下莉莉臉上的傷口。

處理好莉莉，將她抱到比較平坦的高地，海平面漸漸上升，已經淹沒我們上岸之處。接著我從包包裡找出厚膠帶，走回灰衣飛行員身旁，將她雙手牢牢捆在背後，雙腳腳踝也被我用膠帶繞了幾十圈綁死。

我搜出她身上的武器，除了電子火槍、獵刀，在飛行服小腿部分居然發現一個暗袋，裡面找出一本黑色小手冊，封面寫著「陰霾號使用說明與緊急操作程序」。

我撿到寶了！

每一種戰鬥飛行器的操作手冊都是製造商的機密，裡面記載著該飛行器的各種飛行參數、性能極限、飛行動作程序、緊急應變程序和許多不為人知的特殊功能。通常在擊落對方後，偶爾可以從飛行員未完全燒光的屍首上找到飛行手冊，再將殘缺的使用說明書東拼西湊出特定飛行器的性能。

而陰霾號至今全球賣出一千架，從未有任何一架被擊落，自然也沒有任何飛行手冊流落市面。對與陰霾號為敵的執法單位來說，陰霾號根本是恐怖又神祕的外星生物。

我迫不及待打開手冊，隨便翻幾十頁就看到「欺敵翻滾」飛行程序，蝴蝶蘭欺敵翻滾、馬明潭脫離、合歡墜落。

蝴蝶蘭欺敵翻滾：

條件：標準大氣。海平面氣溫十五度C、氣壓一零一三點二五百帕、空氣密度一點二二五、對流層頂氣溫負五十六度C、氣壓高度三萬六千呎、冰點二七三點一六K。

飛行程序：

開啟啊父塔緋牛兒！

襟翼零度、收前緣翼條、最小外型。

轉頭確認後半球敵機位置、回頭檢查十二點鐘方向無任何敵機。

偏副翼三十度、鬆升降舵、左方向舵踩三吋。

收啊父塔緋牛兒百分之七十、檢查噴嘴殘餘油料顯示器。

節流閥開百分之三十、維持下降率……

回想之前看到陰霾號飄忽不定、高深莫測的翻滾動作，比對手冊中的詳解，頓時**心**跳破表、興奮到有些反胃。不過「**啊父塔緋牛兒**」是什麼鬼？咒語嗎？不管了，有空再研究，我把冊子放進衣服口袋，很清楚這本手冊價值連城，將會天翻地覆地改變我的人生。

只要我可以活著離開這座無人島。

看著夕陽緩緩下降、海面漸升，我思索著要如何脫困。環顧四周，以我現在的體力，最近陸地也超過我能游泳的最大距離。

我整理一下思緒。雷馬特走私集團，一般來說不會跟查緝單位硬碰硬。被空騎隊追擊的時候，通常是丟下走私物品、減輕飛行器載重，加速逃逸。除非是走私毒品、槍械、奴隸，牽扯利益太過龐大，私梟才有可能硬起來蠻幹。

我懷疑雷馬特這次行動有什麼重大陰謀。出動十幾架貨機，還搭配陰霾號這種等級的戰鬥飛行器護航，行蹤洩漏立刻就要滅口，事情一定不單純。

我應該留活口當人質，問個明白。

拿著獵刀，將莉莉平放在地上，我從高地跳下岩岸邊。

5

黃金蕉

站在灰衣女飛行員身邊，她仍然意識不清。

一想到她剛剛凌虐莉莉的畫面，差一步就要割斷莉莉的喉嚨，我怒火中燒、用力把她踢醒。

「妳們這次走私什麼東西？」看她開始呻吟，我拿獵刀抵住她的喉嚨。

「妳讓我多問一次，我就會多劃一刀。」我邊說邊轉刀刃，在她蒼白的左臉頰劃一道口子。妳怎麼對莉莉，我怎麼還給妳。

「妳們載的是什麼貨？」我又問，她一口痰混著血水吐到我鼻樑，我用袖子一抹、拿獵刀再割一道傷口。

「嘴很硬嘛，有受過訓練喔？」我撥開她的瀏海、拿著鋒利的獵刀在她額頭輕輕刮著，「妳們載的是什麼貨？」問第三遍。

她還是不講話。

我開始冷笑。

「二十年前，我父母去麻鷺島吃喜酒，不小心發現私梟接駁私貨，他們被私梟逼到墜海身亡。妳知道這叫什麼嗎？不共戴天之仇。暑假、寒假、沙鷗新年，同學都回去跟家人團聚，我留在宿舍念書，死拚活拚要拚到全校第一名。我可以不睡覺、不休息，只為了加入空騎隊作戰組，取得法律所賦予、合法殘殺私梟的權力。」我嫌瀏海礙事，用刀直接刮掉她前額髮根處，一大片頭髮掉落，露出半個光頭。

「妳們載的是什麼貨？」我問第四遍。

又是一口痰吐到我臉上。

「看來妳不怕肉體上的疼痛，我只好換個方法。」我右手抓住一旁爬過去的海蟑螂、左手捏開她的嘴，「不說就讓妳吃光島上所有的海蟑螂。妳們載的是什麼貨？」眼見她眼神露出驚恐、看似快要攻破心防。

抓著海蟑螂的右手、離她嘴巴越來越近、越來越近。

「香蕉！我們從北方的福爾摩沙島走私香蕉！」在我把海蟑螂塞進她嘴裡之前，灰衣女飛行員急著招供。

「猴子屁！我們沙鷗共和國也有產香蕉！走私個鬼！妳騙我！」我硬把海蟑螂塞進她嘴裡。

「……我說的是真的！」灰衣女吐出海蟑螂、咬牙切齒，「你報上名來！我一定會宰了你！」

「我問妳，香蕉有幾種妳知不知道？」我問她。

我不是香蕉專家，但是我對我國主食也有常識性的了解。我知道沙鷗共和國的香蕉種類豐富，絕對比北方的福爾摩沙島多元，黑市沒有走私香蕉的需求跟行情。

「我不管香蕉有幾種，我只知道我們運送的的確是福爾摩沙島產黃金蕉。」灰衣女飛行員忽然提醒我一件事，讓我想到古世界文明滅亡的傳說。

古世界的北朝鮮擁有氫彈，領導人判斷可以在有限損失下占領南朝鮮，於是發動民族統一戰爭，沒想到誤判情勢。**南朝鮮居然也有核子武器。**

用核能發電廠做幌子，南朝鮮蓋了三十年還沒完工的核電廠，其實是背著國際社會、違反核武擴散條約、祕密研發核武的基地。**玩火自焚。**

核武屬於舊世界的「大規模毀滅性武器」。使用核武不會有勝利的一方，只會保證互相毀滅。朝鮮核戰打開潘朵拉的盒子，南朝鮮以核武反擊，北朝鮮遂將氫彈射向青瓦臺欲與南朝鮮同歸於盡，沒想到技術太差沒打準，差了十萬八千里，氫彈越過首爾打在福爾摩沙島首都台北市。

雖然知道攻擊來自於北朝鮮，但福爾摩沙島的「俱焚專案」預設目標是中國，當台北市被氫彈夷為平地、國家陷入一片混亂時，無人

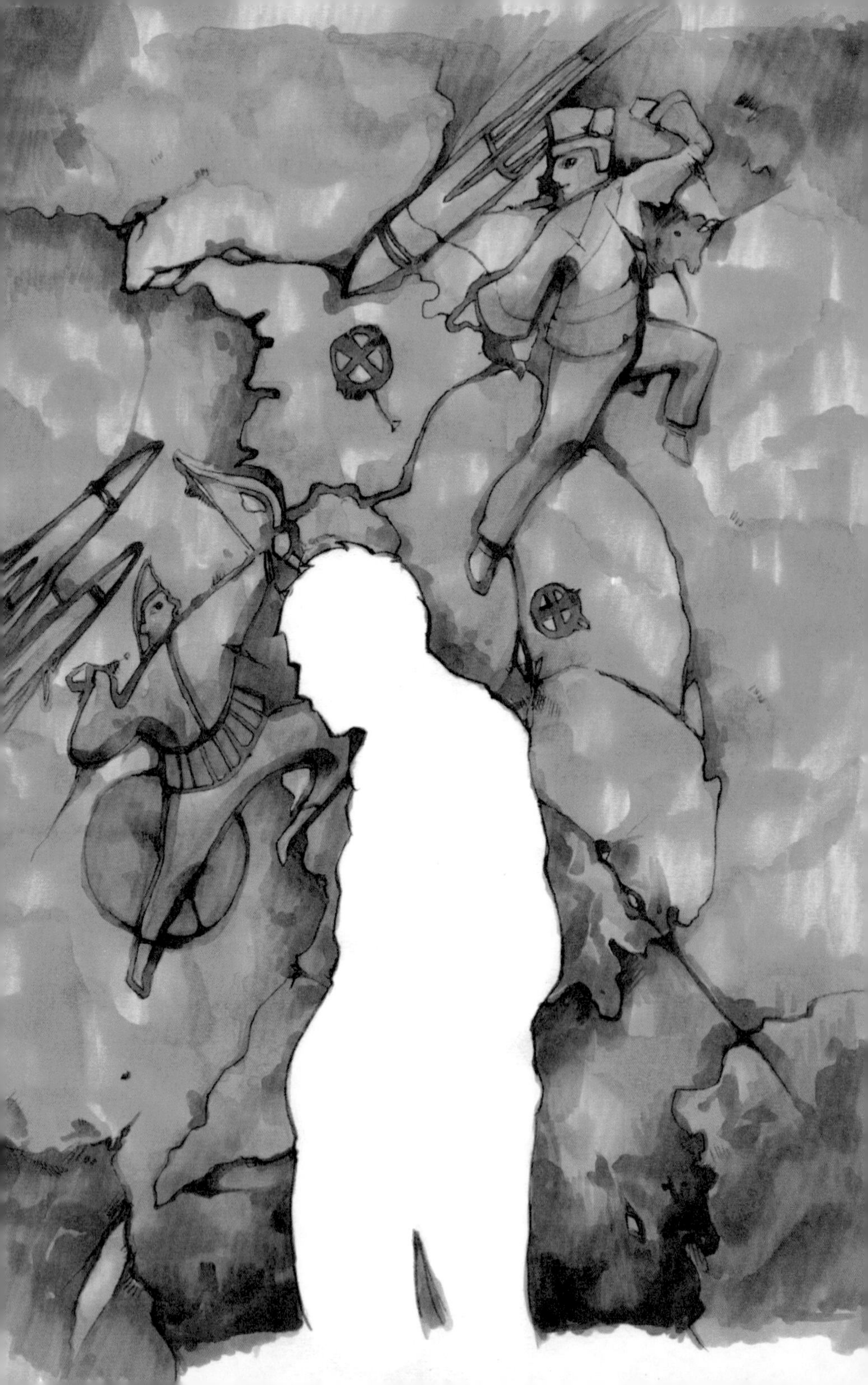

終止「俱焚專案」，於是專案自動啟動，所有飛彈基地對中國沿海大城廣州、福州、深圳、廈門、寧波、上海、南京發動報復性核武反擊。中國認為福爾摩沙島的「俱焚專案」是美國架設，核武來源也是美國，直接對美國使用核子武器，爆發世界大戰，全球幾個核武火藥庫全面失控，古世界滅亡，文明板塊洗牌、世界人口重新分布、生態系統異常、季風錯亂、高空噴流消失、洋流失調、赤道無風帶起風、盛行西風帶與信風帶逆交換、極地高壓帶失壓、北緯六十度移動性風暴……即使過了將近千年，至今仍有許多地方氣候尚未恢復正常，不宜人類居住。福爾摩沙島就是其中之一。

歷史的傷口，遺毒千年。

爾後新世界的國家有個共識。任由科技隨意發展，絕對不使用核分裂、核融合技術製造毀滅性武器。

「我們走私的是黃金蕉，也就是傳說中的台蕉五號。不但可以抗黃葉病，食用果肉還可以防輻射、抗癌症。雷馬特成員在福爾摩沙島的輻射災害區發現這品種，我們整株移植、搬上飛機，打算在我們基地自行栽種，」灰衣女飛行員語氣漸漸平靜，「還順便綁架幾個福爾摩沙島當地農夫，免得種不活黃金蕉。」

「種香蕉幹嘛？妳們是走私集團還是農耕隊？」我起疑。

「我們雷馬特集團想要轉型，走企業化經營管理。黃金蕉經過包裝、宣傳、行銷，誇大其醫療效果，搭配購物台送貨到府空運服務，可預見的利益遠超過走私的不法所得，」灰衣女飛行員露出馬腳，「走私集團開公司漂白、合法掩護非法，這也不是什麼罕見的事情。」我這時才驚覺她信口胡謅、拖延時間。

因為我聽到戰鬥飛行器低空速巡弋的引擎運轉聲。

「嗡嗡嗡……嗡嗡嗡……」

「嗡嗡嗡……嗡嗡嗡……」

陰霾號。

而且不只一架。

6

空之騎兵隊

「糟糕！」我丟下俘虜、急忙爬上高地，看到莉莉被陰霾號的引擎聲嚇醒，正準備放聲大哭。

一把抱起莉莉、順便抓住飛行包包，慌慌張張又跳回灰衣女飛行員身邊。這時候需要人質，讓那兩架陰霾號投鼠忌器、不敢用火炮隨意掃射。

獵刀重新抵住灰衣女飛行員的喉嚨。

「這兩架是來救妳的吧？」我問她。

她只是冷笑，完全不看我一眼，直盯著盤旋的兩架陰霾號。

夕陽西下，我抬頭張望，天空又有動靜。十個小斑點出現在陰霾號後方的餘暉中。

終於來了。我望眼欲穿的空騎隊作戰組，出動十架「玳瑁號」，姍姍來遲。

「愛庫洛夫！那後面幾架是敵是友？」莉莉也看到。

「那是空騎隊的『玳瑁號』。」我興奮。

「光聽名字就輸了。」莉莉聽到「帶妹號」，哭喪著臉。

「這妳不懂，」我如數家珍，「烏龜可以簡單分兩大類，海龜跟陸龜。『玳瑁』又稱毒瑁，是有鷹嘴的海龜，看起來像飛行於海洋中的老鷹。」

「玳瑁是海龜啊……那櫻花鉤吻龜是海龜還是陸龜？」莉莉很自然地問，我眉頭一挑。

「都不是。櫻花鉤吻鮭是鮭魚，傳說中福爾摩沙島的國寶魚，該地特有種，異常珍貴。古世界滅亡後就跟著絕跡。」我好奇，「妳怎麼會知道櫻花鉤吻鮭？」

「上星期的《麻鷺時報》有介紹。我也是看報紙才知道的。」莉莉說。

這時天空傳來油料燃燒的臭味，一架陰霾號已經擊落兩架玳瑁

號，迅速爬升要回高度，繼續與剩餘的八架玳瑁號纏鬥。

陰霾號的低空戰鬥性能超出當今任何飛行器一大節，加上神鬼莫測的翻滾動作，空騎隊派了十架來打兩架也不是完全沒道理。只不過，目前只有一架陰霾號在跟空騎隊戰鬥，我趕忙尋找另外一架陰霾號，發現它正在放襟翼、起落架、充氣浮筒，立刻用膠帶狠狠貼死灰衣女飛行員的嘴巴，將她留在原地。

「莉莉，那架要降落了，我們一樣的計畫再用一次。妳大哭，吸引飛行員接近妳，我潛泳去放油。」我帶著她溜到大岩後方，剛才的藏身之處。

老猴子變不出新把戲。空騎隊讓我大失所望，以多打少還搶不到空戰優勢，最後只能靠自己。

接下來發生的事情，就像按了錄影帶的倒帶鍵一般。

陰霾號降落、停泊、下錨。打開艙罩。另一位灰衣飛行員現身，脫下飛行頭盔，拿出攜帶型電子火槍，朝天空開了三槍，大聲吼道：

「乾脆點出來領死，我會給你個痛快。」

不過這裡出現兩個不同點。

首先，這個灰衣飛行員是男的，而且是個中年胖子。其次，這架陰霾號是**雙座機**，還有另外一個灰衣胖子坐在後座待命。

這可讓我有點頭大。

我不能如法炮製、像剛才一樣探頭進駕駛艙隨便亂扯、靠運氣抽出洩油滑榫。

我開始動腦想辦法。

豬怕出名人怕肥。

出名的豬會上供給神明、肥的人會變胖子。人會變胖必有因，胖子有個致命的弱點，就是抵擋不了食物的誘惑。我想到我幫小胖上課的時候，都要準備好多條巧克力棒來吸引他的注意力，我低頭翻找飛行包包，裡面有小胖媽媽硬塞給我的高級香蕉罐頭。

我又在莉莉耳邊更改作戰計畫，莉莉點頭，從飛行包包裡拿出一堆香蕉罐頭抱在手上，接著放聲大哭。

我這時候潛入海中。

中年灰衣胖子首先看到被綁住的灰衣女飛行員，「瘦子妳躺著別動，我解決掉他們就來。」他上岸後循著哭聲找到莉莉。

「喂，小娃兒，妳抱的是啥？」

「……嗚嗚……高級香蕉罐頭……海外進口的……」莉莉邊哭邊說。

「香蕉罐頭？」

「……嗚嗚……二十八種口味……五星級烘焙……上等香蕉罐頭……」莉莉抽抽噎噎。

「真的是香蕉罐頭啊……」灰衣大胖子伸手從莉莉懷中拿起一個

罐頭檢查。

我已經潛泳到陰霾號下錨處，等待機會。

「……嗚嗚……焦糖口味香蕉罐頭……香草拿鐵口味香蕉罐頭……法式烤鴨口味香蕉罐頭……藍帶豬排口味香蕉罐頭……香蕉口味香蕉罐頭……」莉莉越哭越大聲，還朗誦著各種口味，彷彿在拍廣告一般。

香蕉口味的香蕉罐頭，不就是原味的嗎？我心裡嘀咕幾句，好在對胖子來說，一般人聽起來不是很好吃的東西，胖子們豐富的食物想像力會自行美化。而且他們對食物的聽力極度敏感，我估計機艙內另外那個快上鉤了。

果然，駕駛艙內另一個灰衣胖子站起身，喃喃自語：「這麼多香蕉罐頭？阿彌陀佛，二十八種口味、五星級烘焙？聖嚴法師開示：面對它，接受它，處理它，放下它。可別讓前座的胖子給吃光了。」胖子還說人家胖、我摀嘴偷笑，見他脫下飛行頭盔，爬出機艙外，也準備上岸。

這時候，被綁在岸上的灰衣女飛行員，猛烈地扭曲身體，想要提醒他別離開陰霾號。

可惜太遲了。

我已經一溜煙鑽入駕駛艙，依照前次經驗將洩油滑桿抽出，沒兩下就感覺到陰霾號迅速洩油的震動。洩油滑桿是緊急裝置，按照全球標準局檢驗標準，必須在兩百秒內洩出五十加侖的燃料才能通過稽核、取得量產許可。

看著汩汩燃油傾瀉而下，岸上兩個胖子都擠到莉莉身邊檢視香蕉罐頭，我滿意地點頭，忍不住自言自語。

「小胖你看到了嗎？超越你的卓越胖子終於出現了。而且還是兩個。」我引用圖書室古世界藏書區，一部名叫《灌籃高手》圖文書中安西教練的內心獨白。估計那是給古世界兒童看的，文字敘述少、圖畫居多。

這時候，天空那架陰霾號又擊落兩架玳瑁號，其中一架玳瑁號是冷邊被集中，油箱在空中炸裂，燃燒的殘骸往我這裡掉下來。

「沙鷗你個香蕉！」我咒罵一聲，迅速跳入海中，往深海處潛泳。

洩油的陰霾號，周圍海域已經布滿燃油，星星之火足以燎原，更何況是玳瑁號燃燒的殘骸。

火焰在海面上蔓延，逆流向上延伸到陰霾號的主油槽。

驚天動地的大爆炸。

莉莉被兩個胖子圍住，又躲在巨岩後方，擋掉部分衝擊力道。岸上灰衣女飛行員可沒這麼幸運。她被爆炸的震波高高拋起，摔入海洋。

我在水裡被震耳欲聾的爆炸聲響搞到聽力喪失，極度劇烈的耳鳴讓我無法冷靜思考，看著海面上一片火海，陰霾號加上玳瑁號超過兩百加侖的噴射燃料，在這裡浮出海面會活活被燒死。

我只能潛泳，朝火海外側一直游、一直游。游到肺裡的氧氣都用完了，四肢愈來愈無力，面部肌肉因為缺氧而扭曲，從下往水面上一看，全是紅通通一片的火海，好不容易找到零星幾塊陰暗的區域，又看到一條近岸巡防艇大小的船艦在火海中劃出一條藍線，我再也忍不住，浮出水面換氣。

「我們是海岸巡防署，要拋救生圈了，請抓緊！」

我一跳上近岸巡防艇，立刻指揮他們救援莉莉。

「快點！無人島上還有人！」

近岸巡防艇十二點鐘方向還跟著兩艘百噸級驅逐艦，天空那架陰霾號眼見情勢不明，放棄纏鬥，脫離戰區，消失在雲端。

7

試飛員

我在院長室，院長表情嚴肅地停止我行使職權。除了院長，馬克思航太的代表穿著黑色套裝站在一旁不發一語。

「莉莉除了肋骨挫傷、臉部撕裂傷，還有輕微腦震盪。艾雪夫婦現在在醫院照顧她。我要解除你的教職。一年級的班先讓希芽公主代課，即日生效。」院長說。

我低頭不語。

我已經讓小胖、莉莉兩名一年級學生，因我個人行為而陷入極度危險情境。學生沒有死掉是他們自己福大命大，誰知道多發生幾次還會不會這麼幸運。

「還有個更壞的消息。社會局才剛通過艾雪夫婦的領養審核、艾雪先生就立刻以莉莉監護人的身分，去法院按鈴控告，對你提出業務過失罪、公共危險罪、危險駕駛罪、傷害罪的告訴。民事、刑事一起告，案件合併受理，」院長嘆口氣，「你目前的狀況，簡稱**官司纏**

身。出院以後，檢調會約談你到案說明。傳票寄到學校來了，傳不到即拘提。」院長將傳票遞給我，上面有到案說明的時間地點。傳喚不見人影，會出動法警強制拘提到案。

沙鷗你個香蕉，我莫名其妙。

「艾雪夫婦陪著莉莉作筆錄，揚言要告死你，」院長表情無奈，「你有沒有錢請律師？」

我搖頭。出院就要去法院，身上沒錢，工作又不保，我這才發現當飛行導師再糟，總是比失業好。我開始後悔當初免費公布螺旋失速的修正程序，如果出個價賣給馬克思航太公司，現在不會沒錢打官司。問一下也沒損失。

「馬克思小姐，請問你們現在還有沒有要買脫離螺旋失速的程序？」我厚著臉皮問那黑衣套裝女子。

「不用了，謝謝。我叫瑪琪薇莉，上次有給過你名片。」黑衣套裴女再給我一張名片，「我們公司倒是有個職缺。馬克思航太耗時數年研發的一款新式戰鬥飛行器，需要技術好、不怕死的試飛員。」

她拿出一張飛行器設計圖，攤開來放在我病床上。

「空騎隊作戰組出動十架玳瑁號，被一架陰霾號擊落六架。空騎隊聲稱，他們也擊落兩架陰霾號。不過現場勘驗的結果顯示，那兩架陰霾號是停泊時被人洩油、點燃油料、引爆主油槽而炸毀的。從殘骸的形狀就可以判斷出來。」瑪琪薇莉看著我。

我點點頭。

「沒錯，那兩架是我搞的鬼，被我抽掉洩油滑榫。」我想到還是忍不住偷笑。

「這下引起一片批評聲浪。『空之騎兵隊』的直屬上級單位是沙鷗調查局。沙鷗調查局局長被叫去議會罰站、接受國會議員的質詢，輪番砲轟，問他們預算都花到哪去了，花大錢買玳瑁號這爛飛行器。」瑪琪薇莉愈講愈興奮。

我懂了。

玳瑁號的製造商是「貝佳麗亞」，原本是家中等規模的飛行器公司，因為接到政府部門大批採購的訂單，一下子躍升成為國內最大飛行器製造商。有了資金運作，貝佳麗亞公司擴大實驗室規模跟廠房，取得更多航空技術專利，壟斷戰鬥飛行器市場，一舉拉開差距，讓馬克思航太這類公司只能轉戰家用機、醫療用機等利潤較低的民生市場。

瑪琪薇莉拿著遙控器，打開病房內的液晶電視，轉到沙鷗新聞台，立刻看到沙鷗調查局局長站在國會被議員質詢的新聞片段。

「沙鷗你個香蕉！你這麻鷺榴槤！買這什麼爛貨！玳瑁號、帶妹號！唸起來就不正經！還一直袒護承辦人員！說！你跟承辦人是不是有特殊性、關係？」一位在野黨的議員連國罵都飆出口。

「這個……委員，請你注意斷句……」局長頻頻擦汗。

「你什麼香蕉！不要臉！浪費人民血汗錢！陰霾號的黑市價格是玳瑁號的二分之一，你知不知道！要不我們乾脆買陰霾號啦，你看怎麼樣？無恥！」議員愈罵愈興奮，還拍桌子摔資料。

「委員，黑死病公司惡名昭彰，犯罪集團才會跟他們往來，我們是泱泱大國，怎麼可以買陰霾號？」局長一直擦汗，還是溼透了領帶。

「到底是誰決定買帶妹號的？花那麼多錢、買這種爛貨！事情不單純！你說！有沒有不當利益輸送？」

「嗯、唉、這個，我不清楚……」

「你不清楚！你是局長耶！」

「……郵局也是局長啊……採購玳瑁號是政黨輪替前的決策，那時候我還是主祕……」局長仍在擦汗，只是手帕都溼了，臉越抹越溼。

「那你要不要回去幹主祕？我看你回去重新幹基層沙鷗調查員好了啦，跟我頂嘴！你有沒有拿貝佳麗亞公司的酬庸？為什麼帶妹號性能這麼爛、價格還這麼貴？是圍標還是有人拿回扣？」議員看到二十家媒體在國會二樓架設攝影機、拍攝質詢實況，火力全開。

「委員，你這是不實指控，講話要有證據，不要濫用言論免責權……」

「我香蕉你個麻鷺榴槤！一直頂嘴！我是議員還是你是議員？我是人民選出來的代表！我背後有民意的力量！」要拚連選連任，議員慷慨激昂。

「……我是沙鷗調查局局長，我背後有**白色恐怖**的力量……」局長動怒了，不過他畢竟是情報頭子，情報人員受過訓練，越生氣反而會越沉著。他用氣音淡淡吐出「白色恐怖」四個字，比拿刀抵著議員咽喉還嚇人。

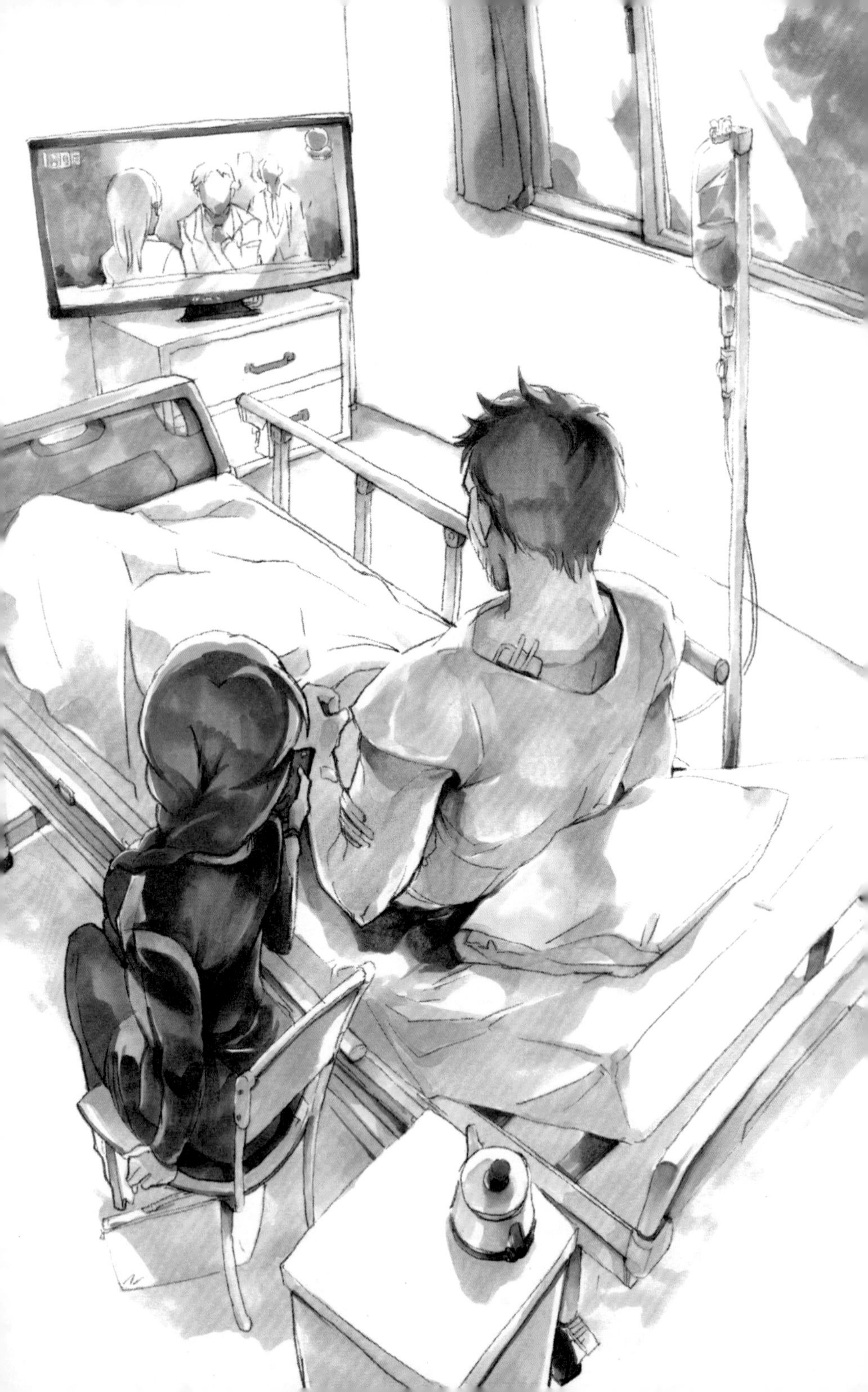

在野黨議員喝口水，稍微想了想。我看著電視，大約猜得出來議員在擔心什麼。他怕今天回家，公務飛行器會在半空突然熄火。

清清喉嚨，議員繼續質詢。

「我看一下資料，發現其實玳瑁號性能也沒那麼糟。以這種性能來說，售價還算可預期的合理範圍之內。是不是飛行員訓練的問題？空騎隊的纏鬥訓練是哪一位戰技導師負責？把他找來議會質詢一下吧！」議員的語氣趨於和緩，開始用正常的音量講話，把矛頭轉向空騎隊作戰組其他代罪羔羊，瑪琪薇莉這時候關掉新聞頻道。

「現在輿論開始攻擊空騎隊的飛行器，之後類似情形會增加，情勢對我們馬克思航太越來越有利。」瑪琪薇莉語氣充滿信心，「我們同時僱用三家公關公司，在大眾傳媒上塑造我們要的『民意』。**汰換玳瑁號**。」

「那找我幹嘛？」我好奇。

「你前一陣子在媒體上大量曝光，又是新世界第一位脫離螺旋失速的飛行員，我們要借用你清新的形象，把你包裝、神話成明星飛行員，有利於我們公司行銷。」瑪琪薇莉興奮到臉頰泛紅，「你想像一下。馬克思航太的新型戰鬥飛行器，由明星飛行員試飛、背書，如果售價合理，卻沒能拿下政府的採購訂單，調查局要面對多大的壓力？」

「所以你們找我當試飛員，不是因為我高超的技術、英挺的鼻子、穠纖合度的眉毛、出眾的氣質、黃金比例的四肢、過人的勇氣與智慧……只是因為我清新的形象？」我開始不高興。

「沒錯，你成功脫離螺旋失速，不接受馬克思航太的鉅額支票，堅持免費公布飛行程序給全國百姓，這麼慷慨大器、正氣凜然的舉動，讓你在全國民眾心中的形象一百分，可以說是標準的偽君子。我們公司最愛偽君子，」瑪琪薇莉笑得像花一樣，「因為真君子買不動。你有重金、天價都買不到的形象，骨子裡卻並非收買不了，只是價錢還不到你要的標準。我，瑪琪薇莉，很清楚你要的價碼。事成之後，若馬克思航太順利拿到空騎隊的訂單，我保證把你弄進空騎隊作戰組。事實上，我還擔心你見識過作戰組的窩囊樣，會不屑進這種單位……」

「喂！還沒被揭穿就不算偽君子。我的官司，妳有辦法處理？」

「你的官司可以交給我們公司的律師團。對那群老法棍來說，這種國內案件可以輕鬆擺平。」接著瑪琪薇莉指著攤在我面前的設計圖，「這架原型機是我們公司研發數年的心血，試飛前你先看看有什麼想法？」

我看了一下設計圖。

後掠翼。上反角。傳統尾翼。渦扇引擎。看起來沒什麼突破性的設計。

「這根本是抄襲玳瑁號的外型。」我說。

「現代戰鬥飛行器，百分之九十都是抄襲玳瑁號的外型。玳瑁號名字取得很龜是沒錯，但它外型設計中規中矩，可以應付大部分的空戰飛行動作，大迴轉、小迴轉、苜蓿交叉都飛得出來，」瑪琪薇莉不好意思，「外型沒有陰霾號那麼前衛，不過滯空的操作性能還是玳瑁號比較穩定。」

這我不置可否。後掠翼、上反角的設計可以增加飛行器動態穩定性，反觀前掠翼設計穩定性不足，要靠飛行員本身技術自行修正。飛行員開玳瑁號會比較好上手，因為操控邏輯與家用機相似。

「機身用什麼材質？」我問。

「百分之七十用鋁合金。」瑪琪薇莉說。

「不行，改成碳纖維。」我堅持，「我有近距離看過陰霾號，陰霾號除了浮筒、整架都是用混合纖維。鋁合金的飛行器絕對打不過。」

鋁合金的特點是便宜又防腐蝕，保養容易，例如玳瑁號。改用碳纖維或混合纖維的材質，可以增加機身強度與減輕重量，提升飛行器可承受的G力極限。

缺點就是太貴。

「你們公司這架可承受的G力是正負三，若改用碳纖維，應該可以提升到正負五以上。」我推測。

正負三G極限的飛行器只能承受三倍機身重量的翻滾動作，我回想陰霾號操作手冊裡的蝴蝶蘭欺敵翻滾、馬明潭脫離、合歡墜落這三個空戰動作，估計至少會產生正負五G力。不夠堅固的飛行器，飛欺敵翻滾會在空中解體。

「整架都用碳纖維，那單價會太高，」瑪琪薇莉沉吟，「投標的時候，我們報價太高會搶不到標案。」

「我不管。你們找我當試飛員，就要照我的意思修改。機身抗G力不足，碰到陰霾號沒有勝算。」

「好，我們整架給你用碳纖維。反正到時候先搶到訂單，之後再來偷料……」瑪琪薇莉很乾脆地同意。

「這妳不要跟我講、我沒有聽到。還有引擎的部分，為什麼用渦扇引擎，不用渦輪噴射引擎？」我質疑。

「渦扇引擎速度比陰霾號的噴射引擎慢，不過也比較省油，滯空時間會比陰霾號長。」瑪琪薇莉解釋。

「我不妥協。換成渦輪噴射引擎。技術不夠就外包。」

「好吧。不用外包，噴射引擎我們也有現成的。」

還有一個最重要的問題。

「名字很重要，你們這架要叫什麼？」我問。

「還沒決定。如果整架用精工碳纖維材料打造，那就取名『精碳號』，你看怎麼樣？」瑪琪薇莉問我。

「這種爛名字絕對拿不到訂單。空騎隊隸屬於沙鷗調查局，型號命名要符合他們的調調，不如機身漆成全白，取名為『白色恐怖』，一定可以增加雀屏中選的機會。」我建議。

「你說的白，是什麼白？」瑪琪薇莉問。

「卷雲白。飛『雲匿蹤』、翻滾進雲，會讓敵機產生『白色恐怖』瞬間消失的錯覺。」

瑪琪薇莉眼睛一亮、立刻打電話回公司跟行銷企劃部門討論。

拿著大紙箱在導師辦公室收拾東西，我故意挑假日時間來，不想讓同事們圍觀我被炒魷魚、清空私人物品的狼狽模樣。沒想到還是碰到希芽公主跟她的隨扈，她似乎故意在等我。

「愛庫洛夫，院長說他不得不把你解聘。你下一步有什麼打算？

如果需要幫忙介紹工作，我可以請父王打幾通電話，安排一下，一點也不麻煩。」希芽公主好意想幫我。

希芽公主的父王就是沙鷗共和國國王，冷空是國王的年號。冷空紀元元年乃冷空陛下登基之年，眨眼間已經在位二十寒暑。國王很受沙鷗共和國國民愛戴，因為是虛位元首，只履行儀式性的功能，例如去邦交國出訪、到孤兒院發糖果、沙鷗慶典坐在馬車上遊行，跟群眾揮揮手，國王沒有實權、不干涉政治決策，無需負擔政治責任，自然不會犯任何政治錯誤。

沙鷗共和國是內閣制，議會過半數席次的政黨組閣，執政黨黨魁擔任首相，主導國家行政運作。每週一的早晨，首相會進王宮與冷空國王共進早餐，向國王匯報重要事項，國王可針對政策提出意見，與首相討論，最終政治決定權還是在首相。共和國稅收一小部分撥給王室，讓王室衣食無虞。

國王膝下無子，有朝一日會將王位傳給希芽公主，紀元會改成希芽元年。希芽公主依照皇室傳統，到學校教書一年，貼近百姓生活，以免希芽公主登基後成為不食人間煙火的女王陛下。

「希芽公主，我要去當試飛員了，妳自己也保重。」

「每年都有試飛員失事，你千萬要小心謹慎。」希芽公主擔心我，

「我也差不多要回皇宮了，好多國際禮儀、國際關係、國際談判的訓練課程在等著我。父王有意提早退位，我也無法在雪鴿飛行學院繼續教下去。」

我看著公主，慶幸自己是一介草民，無拘束又瀟灑。

「公主，我還欠妳個約會。」我想到上次她幫我代課，我說過要請她看水上電影。

「沒機會還了，你就欠著吧！」希芽公主苦笑，「父王想要提早退位的消息傳出，我已經是猴仔隊跟監的頭號目標。身為一國的公

主，我的人生不是屬於我自己，我必須為了沙鷗共和國王室，維護公主的形象。」

我點頭，替公主難過。公主鬧出花邊新聞，上社會版或娛樂版，會重創王室在人民心目中的神聖地位。

「愛庫洛夫，如果你改個名字，或許有機會進空騎隊。」希芽公主說。「我們是飛行國家，最注重好彩頭。你的名字聽起來像『愛哭懦夫』，不太好聽，這不是沙鷗共和國國民會取的名字。」希芽公主解開我心中多年的疑惑，「空騎隊挑新人的時候，挑的是英雄、不是懦夫。即使你成績再好，也難有機會加入空騎隊作戰組。」

我恍然大悟。

我是「藍磯鶇飛行學院」全校第一名畢業，沒有被挑進空騎隊。

我同班同學成績普普、暈機會吐，居然被挑進空騎隊，我當時知道以後跳起來用拳頭猛捶教室的牆壁，直到鮮血染紅了整片水泥。

我同學是女生，她叫「伊達朵潮慧菲」。

一打多。超會飛。

沙鷗你個香蕉、麻鷺你個榴槤。

「原來如此！」我哈哈大笑，心裡的死結總算解開，不是我不夠優秀，實在是名字不太吉利。

「取名字真的很重要！不過我父母給我取的名字，這是他們留給我的遺產，我是絕對不會亂改的！」

希芽公主也跟著大笑，「你想通了就好，愛庫洛夫，可惜我沒有自由戀愛的福氣，不然我很想跟你談場戀愛。沒有結果也無妨。」

希芽公主的真心告白，讓我一時間腦充血。

「公主，我們私奔吧！隨便飛去一個無人島，我當國王、妳當皇后！」我說話不經大腦。

希芽公主伸出手，想摸摸我的臉，又突然發覺不妥，趕忙縮手回

去。

「……你當這是辦家家酒嗎？」希芽公主沉吟了兩秒鐘才說。她有點心動、認真思考兩秒鐘，已經讓我很感動。

「如果有一天，太平盛世結束，你願意為沙鷗共和國的人民而戰鬥嗎？」希芽公主威嚴的語氣，眉宇間自然流露出王室貴族的威嚴。這種能讓平民百姓震懾的氣質，只有從一出生就接受菁英教育、王位繼承人的皇權訓練，才能培養出來。

「公主，妳是沙鷗共和國的女王，我就效忠沙鷗共和國。妳是香蕉共和國的女王，我就效忠香蕉共和國。妳是彩虹共和國的女王，我就效忠彩虹共和國，」我視線看著希芽公主的腳踝，「我不效忠國家、我只效忠於妳個人。」我單膝下跪。

希芽公主看似徵詢，實質在命令我輸誠、宣示忠心。

「起身吧！」希芽公主繼續說，「我國內有與日俱增的貪官汙吏，外有強敵環伺。這幾年福爾摩沙島結束內戰，成立國家『福爾摩沙島國』，透過雷馬特集團，不斷走私『幻覺香蕉』，毒害我國人民身心。黑死病軍火公司的幕後大股東，是海南島軍政府。我擔心這是海南島與福島聯手削弱我國實力的陰謀。」希芽公主皺眉，讓我頭頂一亮。

雷馬特集團走私的才不是什麼抗輻射黃金蕉！一定是二級毒品幻覺香蕉！經過精煉、很容易可加工成一級毒品海洛蕉，而且雷馬特集團看似還打算技術移植，在他們的集團島嶼種植。

「父王已將我許配給執政黨梅茲格首相的長子，年底完婚後，明年我會登基接下王權。」希芽公主悠悠地說。

「妳會成為英明的女王。冷空紀元結束之前，我會當上空騎隊作戰組組長，一舉滅了雷馬特走私集團，當做是祝賀妳登基的贈禮。」

我向公主保證，「讓妳少了一樁煩心事，我也可以成為冷空紀元，或是希芽紀元的傳奇故事。」

「你一個試飛員，後台不夠硬、名字又很遜，要怎麼加入空騎隊？」希芽公主詫異。

「咱們走著瞧囉！」我對公主豎起大拇指。

8

陰霾號使用手冊

剛飛完第八十趟測試，落地後滑行回馬克思航太機棚、停妥，我急急忙忙跳下駕駛艙，立刻有兩名工程師爬進白色恐怖下載飛行數據。

瑪琪薇莉跟總工程師霍布斯站在一旁，正在討論引擎的進氣口設計瑕疵。

「這具引擎不行啦！遲滯性太高，我加減速都要等零點三秒……」我跟霍布斯抱怨，「白色恐怖極速比陰霾號慢我可以忍耐，但是連加速都會延遲，這樣根本沒得打。」

纏鬥的時候，最重要的是瞬間加減速的能力。我加速要等零點三秒才感覺到身體被壓進座椅，這零點三秒的遲滯就足以讓我被陰霾號擊落。

「除了引擎，還有呢？」霍布斯記錄著遲滯性的問題，繼續問我。

「駕駛艙座椅後仰角度太小，戰鬥視野不夠。調整到後仰三十度好了。」我建議。

後仰角度加大，天空在我視線正前方，不會被駕駛艙跟機翼擋住。

「後仰三十度？那幾乎是半躺在駕駛艙內，降落的時候會看不到跑道。」瑪琪薇莉插嘴。

「白色恐怖是戰鬥飛行器，不是民生用機。視野太窄、在空戰中被擊落，也不用降落了。」我明講重點。這間公司過去都製造馬克思一號這類螺旋槳家用機，看不到關鍵問題、搞不清楚狀況。

「座椅部分可以馬上調整。座艙罩給你換成全透明水滴狀，讓你上方視野無限大。不過下方視野怎麼辦？」霍布斯是總工程師，飛行經驗局限於起飛、巡航、降落這類日常使用方式。我學生時代就飛得比院長還好，欺敵飛行、纏鬥飛行、積雲匿蹤是我最拿手的十二學分，畢竟我一心一意想進實戰單位，聽到總工程師問的問題，就知道他完全沒纏鬥概念。

「我只要一個簡單的翻滾動作，或是讓白色恐怖水平倒飛，下方視野立刻一覽無遺。」

霍布斯點頭表示了解。

當初瑪琪薇莉找我來當試飛員，只是要我當花瓶，借我乾淨的形象替公司宣傳，所以除了我之外，還請了其他多位試飛員。

後來發現我才是最有料的。

瑪琪薇莉直呼賺到了，把我升等成為首席試飛員，白色恐怖的性能調教全部優先以我的意見為主。

交換完想法，這時另一架對照組的白色恐怖也已經加滿油、熱好機，我接過霍布斯遞給我的操作項目，爬進白色恐怖，準備第八十一次試飛。

累了一整天、回到試飛員宿舍，我攤開陰霾號操作手冊，試圖尋找有關引擎遲滯性的內容。

「……第七章……速度與激情……」我喃喃自語。

「……陰霾號乃新世界加速度最快飛行器，核心技術在於『啊父塔綳牛兒』。舊世界原文afterburner，飛行器速度接近音速時，會將機身前方空氣擠壓、形成阻礙，稱之為『音障』。突破不了音障，就無法進行超音速飛行。當陰霾號接近音速，須開啟『啊父塔綳牛兒』突破音障，進入超音速之後務必立即關閉，『啊父塔綳牛兒』乃是吃油怪物，油耗程度為全油門十倍，可增加最大馬力一倍，此乃犧牲大量燃料換取瞬間加速的惡魔條件，也可使用於短跑道起飛、垂直爬升等須要短暫額外推力時瞬間加速。『啊父塔綳牛兒』列為陰霾號標準配備，註定稱霸市場、十年內無同級飛行器可匹敵。結構圖請參閱附件一。」

看來打造陰霾號的團隊是根據舊世界的航空知識來建構陰霾號，我望著設計圖、決定明天跟霍布斯討論白色恐怖加裝類似「afterburner」的裝置。就這樣抄抄寫寫、忙到三更半夜，睡覺前打開電視新聞，又看到更令人震驚的消息。

「昨日下午三時，空騎隊接獲民眾報案，出動八架玳瑁號攔截雷馬特走私集團，結果不幸八架玳瑁都被擊落。目擊者指出，八架玳瑁號圍勦三架陰霾號，完全占不到數量上的優勢，空騎隊輸得一敗塗地，折損八名隊員。空騎隊隊長表示，因公殉職的隊員從優撫卹，隊員遺孀家屬今日則是齊聚議會門口拉白布條、潑牛奶、蛋洗國會山莊，認為空騎隊戰機老舊、妥善率極低，空騎隊命令隊員開破銅爛鐵去攔截陰霾號，這是政府草菅人命、罔顧執法人員安危……」新聞台記者在事故現場採訪，海面上漂著焚毀的機身殘骸，鏡頭後方還帶到有家屬在舉行招魂儀式。

又出事了。汰換玳瑁號勢在必行，馬克思航太公司需要加速趕工，才能拔得頭籌。

隔天一早，我進入機棚時，霍布斯已經在準備今日的試飛項目表。

「白色恐怖需要加裝『**啊父塔繃牛兒**』。」我直接向總工程師要求。

「**啊父塔繃牛兒**？」霍布斯一頭霧水。

我拿出昨晚研究陰霾號使用手冊的設計圖。

「白色恐怖的引擎加速太遲鈍。引擎末端幫我加個噴嘴，讓我可以從駕駛艙內控制油料、噴入引擎後段的噴氣出口，如此一來，霧化的燃料利用引擎廢氣再燃燒一次，白色恐怖可以瞬間得到額外的爆炸性推力。」我說。

其實「**啊父塔繃牛兒**」的原理很簡單，就是將霧化油噴入渦輪噴射引擎末端點燃，藉著二次燃燒的油料產生更大推力。霍布斯聽我解釋，看著我手中黑死病公司的設計圖，興奮得兩眼發直、猛吞口水。

「你怎麼想到的？看起來很可行，技術部分也不困難，我們研發設計部門就可以完成……你怎麼想得到？這麼跨時代的構想，這是價值五千萬沙鷗幣以上的專利，足以讓發明者在航太史上留名！」霍布斯跳上跳下、一直搓手。

「不是我發明的，這是古世界就有的技術，但是被黑死病公司搶先量產上市。看看陰霾號的『**啊父塔繃牛兒**』，我們有沒有辦法抄襲原理、剽竊設計，換個名字完成專利申請？」我問。

「我們公司研發團隊原創力不足，仿冒功力卻是舉世聞名、**舉世聞名啊！**原本馬克思航太的山寨功力就有口皆碑，現在又有陰霾號這個啊父……什麼牛繃的設計圖，保證可以打造出更優秀的升級版。至於法律問題，簽約的事務所最擅長打國際專利訴訟，等一下就去控告黑死病公司抄襲我們的設計，要求他們立刻停止生產、產品下架。我們要出名了！這個設計可以讓引擎增加至少一倍的額外推力……我算一下，油門全開……原本是三千磅的推力，至少可以提高到六千磅推力，不過也會多耗很多油料……」霍布斯激動地來回踱步。

「耗油沒差，我只要能瞬間加速、解決遲滯問題就夠了，加速完就關掉，『**啊父塔繃牛兒**』我也不會一直開著。」我聳聳肩。利用噴射引擎廢氣二次燃燒，因為廢氣含氧量已經很低，所以燃油效率很差、很不經濟，要消耗掉巨量的燃料來獲得爆炸性推力。

「愛庫洛夫！我們要成名了！我們要發財了！一定可以拿到空騎隊訂單！說不定連軍方單位都會有興趣！」霍布斯滿臉漲紅、血壓飆高、興奮到快要中風，我趕忙拿張椅子扶他坐下。

這時候瑪琪薇莉走進機棚，霍布斯又跳起來口沫橫飛地跟瑪琪薇

莉解釋「afterburner」這突破性的想法。異常簡單的設計、卻有驚人的效果，瑪琪薇莉花了幾分鐘消化訊息，也跟著面露潮紅、微微喘息。

「你手上有陰霾號的操作手冊？」她開門見山問我。

「沒錯。讓我入股馬克思航太，我就把我手上有的資料全都給妳們。」我說。

「入股不成問題，讓你入股以後我們再股權稀釋就好了。有了『**啊父塔綳牛兒**』，說不定不用綁標都可以拿到訂單。不過名字好難念，換個名字申請專利吧！」

「afterburner，古世界原文的意思是『後面的』、『再次的』、『燃燒器』。我們就用『後燃器』去申請專利如何？」霍布斯低頭研究設計圖說，我跟瑪琪薇莉點頭同意。

「今天晚上有個應酬，我要跟『那個人』討論招標細節，看看怎麼定規則對我們公司比較有利。」瑪琪薇莉胸口起伏不定，情緒尚未從抄襲陰霾號設計的快感中平靜。

每個採購案，不管分工再細、都會有一位手握決定權、審核估價、制定招標標準、規劃預算、訂定底價的統籌承辦人，找出「那個人」是誰，趕在制定遊戲規則前，讓規則對自身公司最有利，可以大舉增加成功率。

「妳已經找出『那個人』？空騎隊都還沒公布消息！」我驚訝，馬克思公司動作好快。

「等公開招標就來不及改規則了。你這麼賣命試飛，我也要把我的工作做好，查一下單位內有去上採購法課程的名單，那個人是誰呼之欲出。」瑪琪薇莉露出得意的笑容，「招標過程預計舉辦公評會，沙鷗調查局局長、副局長、各處室處長、空騎隊大隊長、兩位副隊長、各小隊隊長、各組組長……所有大頭都會出席，看各家廠商的產品展示性能。有何提議？」瑪琪薇莉看我，要我以白色恐怖的優勢為利基，設計對我們最有利的情境。

「模擬纏鬥。」我想都不想脫口而出，「只有在實戰中才能看出一架飛行器的優劣。讓各家廠商派出一架飛行器，升空後由數架玳瑁號尾追。看看參與招標的廠商飛行器，被擊落前或是燃油耗盡前，可以擊落幾架玳瑁號。這樣不但可以測試飛行器的油耗，更能清楚比較翻滾與迴轉的靈活度。把白色恐怖擺在最後出場。作戰組隊員都累了，注意力渙散，我撿現成便宜，應該可以在耗光油料前擊落五架以上玳瑁號。」

我說完，霍布斯表示同意，瑪琪薇莉點頭。

9

霸凌

試飛的狀況越來越好。

引擎後燃器的加裝工程很順利，我越飛越有信心。現在已經將武器系統安裝上白色恐怖，讓我習慣在各種不同空速下的射擊前置量。

在我學飛的過程中，一直是以戰鬥飛行員為目標努力著。如今能夠成為新飛行器的試飛員，反覆操作著各種過去只能在腦海中想像的欺敵迴旋、翻滾動作，我毫不客氣地將白色恐部操到極限，試圖找出機身可承受的各種數據最大值。

「愛庫洛夫，你從哪裡學來這麼多稀奇古怪的空戰動作？」霍布斯對我變化萬千的空戰翻滾動作嘆為觀止。

「纏鬥飛行、中高階的欺敵翻滾，我學生時代就已經練到像是本能反應，想都不用想就飛得出來。」我說。

拿到陰霾號操作手冊後，更是大大開啟我的飛行視野。我模仿著陰霾號詭異的空戰動作，再依照白色恐怖的性能，不斷測試極限，挑戰機身承受最大值，連作夢都在想著新創飛行動作，到現在還沒有嘗試完我發明的所有空戰動作。

「找你試飛白色恐怖真是找對人了。」霍布斯也承認我首席試飛員的地位。

回試飛員宿舍的半路上，瑪琪薇莉把我叫住。

「進入螺旋失速以後，是什麼感覺？」

「先是毛骨悚然、接著絕望的情緒立刻充滿全身上下每個細胞。明明是白天，卻突然間昏天暗地，好似忽然沉進海底三萬呎，肺裡的空氣一下子全被擠出，一絲不剩，完全無法呼吸。接踵而來的是腦袋在機艙內亂撞、頸椎要承受幾十公斤的重力加速度，全身上下、從頭到腳都在痛，像被十個彪形大漢蓋麻布袋痛扁一頓。」我回憶。

「你第一次進入螺旋失速，能在死亡的壓力下，極短的時間內找出修正程序，這才是我找你來試飛的真正原因。」瑪琪薇莉坦白。

「我沒有父母，也沒有快樂的童年。我除了吃飯、睡覺、練飛以外的所有時間都泡在古書圖書室裡，企圖搜尋出所有關於古文明航太科技的知識。算我運氣好，剛好讀到舊世界脫離螺旋失速的傳說故事，讓我撿回一條賤命。」我說。

「但是你從未讀過任何舊世界文獻提到**啊父塔繃牛兒**？」

「從來沒有。這也無可厚非。新世界各地的古書圖書室保存史料都殘缺不齊，本來就會因為語言、文化，跟地域而有差異。」

「馬克思航太仿冒版的**啊父塔繃牛兒**效果如何？」

「我很滿意，雖然沒使用過正版，不過從陰霾號手冊的數據來看，我們的後燃器比**啊父塔繃牛兒**還猛、爆燃效率更高、反應時間更短。沒有後燃器，我也至少可以擊落三架以上玳瑁號。多了後燃器，我估計可以擊落五架到八架。」

「你還是別太操後燃器吧！畢竟是剽竊來改良的產品，少了從無到有的研發過程，很多眉眉角角我們不知道，後燃器的耐久度、噴嘴極限熔點溫度也還沒測試完。不過往好處想，我們材料科學技術領先黑死病公司，目前看來後燃器的確優於**啊父塔綳牛兒**，至於專利官司……」瑪琪薇莉沉吟。

「官司的輸贏不是重點，空戰中活下來的人才是贏家。只要妳能讓新聞媒體轉播空戰畫面、全國大力放送，當全國百姓都知道白色恐怖性能卓越，沙鷗調查局就必須面對輿論壓力，不買單都不行。」我附和。

「還有一件事情。要麻煩你編寫白色恐怖的標準操作手冊與緊急飛行程序。一旦拿到訂單，空騎隊更換機隊，你會變成全國最了解白色恐怖的首席飛行員。」瑪琪薇莉露出笑容，「這下子把你弄進作戰組就容易多了，搞不好可以直接當戰技訓練組長。」

「妳要確定是作戰組喔！把我弄進其他單位，我會把白色恐怖操作手冊賣給黑死病公司。」我威脅她。

到了公開招標這天，果然如那個人安排，白色恐怖排在最後出場。

模擬纏鬥場地在「起司島」機場，這座機場是空之騎兵隊的本場，也是作戰組大本營。

會場人山人海。

馬克思航太刻意宣傳，媒體、群眾早已守候在機場管制區外緣，各自選好地點，拿出望遠鏡等著看好戲，而全國守在電視機前的同胞，更會透過直播，觀賞到實況空戰畫面。

起司島機場上方空域淨空，第一家廠商就是玳瑁號製造商貝佳麗亞公司，他們推出玳瑁號升級版，太平洋麗龜號，緩緩滑行至跑道頭，準備起飛。

「取來取去都是海龜的名字，外型也沒變，我看這次拿不到訂單。」空騎隊其中一位副隊長跟身旁幕僚交頭接耳。

我轉頭仔細觀察政府官員，他們坐在跑道旁的觀禮席，旁邊還架了大螢幕轉播，每一架模擬纏鬥飛行器的頭尾都裝了攝影機，將第一時間空戰畫面傳回地面。

「現在，太平洋海龜號要升空了！」大會司儀用麥克風轉播，還把名字搞錯。

太平洋麗龜號一升空，立刻有十架玳瑁號跟著起飛。作戰組的戰術本來就是多打一，用數量優勢來解決敵機。

結果不到兩分鐘，有兩架玳瑁號已經被瀝青彈擊中，過了一分鐘，又一架玳瑁號被打得全身瘀青，機翼跟艙罩都是黑色的柏油，一共三架玳瑁號飛回機場、降落。

「升級版看起來有進步。」我說。

「被擊中了！要下來了。總共才三分三十秒鐘不到。」瑪琪薇莉看看馬表。

太平洋麗龜號在被擊落前，一共打下三架玳瑁號。貝佳麗亞公司還沒放棄搶這件生意。

「總共有幾家飛行器製造商參加這次公開招標？」我問瑪琪薇莉。

「一共是七家。」瑪琪薇莉在督蘭航太的蜂鳥號起飛後，又按下馬表。

蜂鳥號才剛起飛，還沒射出一發瀝青彈，就被天空四架玳瑁號一上一下、一左一右打成瘋鳥號，整個機艙艙罩全是柏油，蜂鳥號駕駛看不見前方視野，歪歪斜斜地飛著，彷彿喝醉酒。

「不公平！那幾架早就埋伏在那裡！我要申訴！」督蘭航太公司

的老闆大吼，剛才七架未被擊落的玳瑁號在機場正上方不斷盤旋，搶了空優，故意不下來，打算一直在天空繞。

「怎麼會不公平？空戰的時候，敵機還跟你講風度、等你準備好才打？」空騎隊隊長嗤之以鼻，另外又補了十架玳瑁號在起司島機場上空盤旋，汰換需要落地加油的玳瑁號。

之後五家參與競標的航太公司，除了麻鷺航太的冷鋒號成功起飛、爬升、交戰，擊落五架玳瑁號，其他四家都是一起飛就被埋伏的玳瑁號擊落。

白色恐怖開始熱機。

這時聽到大會司儀開始介紹最後一家廠商，我急急忙忙跳進駕駛艙。

「馬克思航太的競標飛行器，白色恐怖，滑行至跑道頭，準備起飛。」大會司儀說。

我滑行至跑道頭，對正跑道中心線。

正上方目前有十二架玳瑁號在盤旋，看到我準備起飛，這十二架立刻編隊，分成四小隊，準備讓我完全沒有逃脫的機會。

「哼！追著我的凝結尾吧！」我油門推到底，白色恐怖開始加速。

節流閥全開、輕輕拉起機頭，讓白色恐怖漂浮在跑道上方二十呎，維持這一點點的離地距離，不爬升也不降低。

我在享受「**地面效應**」帶來的好處。

飛行器在離地二十呎的高度浮力極大化，加速效率最高，可以短時間內提升動能。我收起輪架、減少阻力，等空速增加到兩百節，我猛然拉機頭。

收襟翼。

開後燃器。

白色恐怖像火箭一般垂直爬升，開啟的後燃器噴出巨大火焰與噴射廢氣，嚇得全場政府官員驚聲尖叫、抱頭鼠竄、大會司儀還透過麥克風罵一句「沙鷗你個麻鷺榴槤」！

我利用地面效應在短短十二秒內加速到兩百節，利用這空速搭配後燃器爆炸性推力，白色恐怖一飛沖天，不斷垂直爬升、再垂直爬升。

埋伏在天空的玳瑁號，做夢都沒想我有起飛後立刻垂直爬升的變態推力，一時間全被我甩在身後，沒攔截成功。

這就是我的詭計。

趁著所有人還在驚嚇之餘，我已經轉副翼、關後燃器、推升降舵、左方向舵踩到底。

蝴蝶蘭欺敵翻滾。

悄悄繞到準備狙擊我的三架玳瑁號機尾處，他們還沒反應過來，我已經解除安全裝置，開火射擊，兩架玳瑁號被我打成大花臉，一架運氣好，一個桶滾居然可以脫離。

暫時脫離。

我扭頭、東張西望，急著看他跑去哪，發現他桶滾到我下方三百呎、四點鐘方向，我再飛一次蝴蝶蘭欺敵翻滾。

這是不同等級的飛行動作。

一瞬間我又搶到空戰優勢，占據敵機機尾位置，不浪費時間，我馬上把一排柏油彈釘在他的機身上。

「第三架。我好像在霸凌空騎隊。」我數著，開始尋找剩下的九架。

這三架玳瑁號原本計畫偷襲我，在我一起飛就將我擊落，沒想到根本沒纏鬥，連我在哪裡都沒搞清楚就出局。

我瞄到十點鐘方向有五架玳瑁號飛戰鬥隊形，不敢怠慢，立刻拉機頭爬升，節流閥開最大，決定先搶高度。

倒飛。

兩架玳瑁號保持一點距離防止我脫逃，一架玳瑁號企圖咬住我的機尾，另一架幫忙卡位。

我放擾流板，故意減速，讓他以為快要咬住我了。

接著我關掉油門。

鬆開水平尾翼的壓力、轉副翼側飛。

馬明潭脫離。

升力的垂直分力消失、白色恐怖進入失速，我掉到另外一組戰鬥小隊的玳瑁號附近，那一組機隊嚇了一跳，完全沒心理準備。我不客氣地失速修正、瞄準、算前置量、開火射擊、再開火射擊。

再開火。

再開火。

「一次四架。總共擊落七架。」我數著。

這四架輸得冤枉、死不瞑目，他們在下方空域觀戰，等待前一小隊圍剿我。哪裡知道，我用莫名其妙的飛行動作脫離，眨眼間摔到他們機尾處，一次殲滅整個小隊。

機尾是弱點。**空戰中，絕對不能暴露機尾**。

飛行器的武器系統，絕對是裝載在機身正前方，利用慣性，使火炮子彈藉著飛行器空速，加速射出。而尾部完全沒有任何武裝。所以纏鬥過程中，主要目的就是搶先對方一步，占據機尾、開火射擊、翻滾脫離。

天空只剩下五架玳瑁號。

「愛庫洛夫，這五架現在在你西北方，水平距離兩千呎，高度大約八千呎。」瑪琪薇莉透過無線電通知我。

我沒空說話，節流閥全開，急著爬升回八千呎以上的空域。剛才的纏鬥，消耗掉我大部分的高度，當敵機在我頭頂上方，我會喪失所有空優。

不斷爬升。

「愛庫洛夫，又有十架玳瑁號從起司島機場起飛。你的燃油要省著點用。」瑪琪薇莉提醒。

我一看到那五架玳瑁號的隊形，立刻翻滾閃入兩點鐘方向的積雲裡。

積雲匿蹤。

那五架有戰術，飛戰鬥隊形，我不敢硬碰硬。兩架主機在前，三架僚機飛在後方保護主機的機尾空域。我如果先對付僚機，主機會反咬。先對付主機，主機的駕駛是小隊裡技術最好的，跟主機纏鬥會讓我浪費油料。

所以我開始使用儀器飛行，躲到雲中，盯著飛行儀表，不斷心算目前位置，在腦海中的立體圖描繪著我的飛行途徑。

我要偷襲那五架玳瑁號。

飛進雲裡就好像在超級濃霧中迷路，能見度歸零，沒有地形地貌可以參考，我必須集中精神心算，將「指示空速」換算成「真空速」，減去風速求出「地速」，推測敵我距離剩餘多少，再將氣壓高度計修正回標準大氣設定值，轉換成目前白色恐怖的「真高度」。所有的計算，要依照今天的氣溫、氣壓、空氣密度來調整係數。

儀器飛行會消耗掉我全部的注意力，我必須不斷盯著儀表板、不斷更新數值、不斷在腦中運算。而且有時候還會算錯。

我錯估了積雲的厚度，當我衝出雲朵時，剛好飛進玳瑁號機隊正前方。

五架玳瑁號見獵心喜，這天上掉下來的禮物，讓他們像吸食幻覺香蕉一般飄飄然，一下子散開隊形、形成火網，交叉開火射擊。

我嘆口氣，明知要省點油料，這時被擊落也就不用玩下去了，所以我收機身外型，節流閥開到百分之百，再繼續推到底。

開後燃器。

瘋狂、殘暴的野獸推力把我向後壓進後仰三十度的座椅，白色恐怖像被巨人猛踹一腳屁股、往前暴衝。

我把升降舵拉到底，利用陡增的動能飛一個大坡度三百六十度迴旋，不但瞬間甩開尾追五架玳瑁號，引擎噴射廢氣還讓兩架主機失速、花了兩三秒進行失速修正、穩住機身。

戰鬥還沒結束。五架玳瑁號一時間找不到我。我那變態的巨大推力，讓我垂直繞了一大圈，已經飛回機隊的後半球位置。

口裡默默數著前置量，我大拇指彈開安全裝置、按下射擊鈕。

默數前置量、再按下射擊鈕。

默數前置量、再按下射擊鈕。

默數前置量、再按下射擊鈕。

默數前置量、再按下射擊鈕。

連按了五下，五架玳瑁號被我的柏油彈彩繪成五隻花臉海龜，看似要去唱京戲。

「演一齣『飛天神龜』吧！」我幫他們取戲名。

尾部被占據，只有死路一條。他們從發現我蹤影的狂喜，到莫名其妙找不到我、接著一架一架尾部遭受追擊、被擊落，短短幾秒鐘，心境的轉折太劇烈，一時間還在恍惚、不斷回想剛才秒殺的過程，忘了要飛回機場降落。

「愛庫洛夫，剛起飛的十架玳瑁號，分兩隊去找你了。油料還剩多少？」瑪琪薇莉提醒我。

「剩六成，滯空時間還有三十分鐘。」我用無線電回話。

「你已經擊落十二架玳瑁號，局長、副局長現在額頭直冒冷汗，所有官員全部緊盯大螢幕轉播。你再多露幾手！」瑪琪薇莉興奮地說。

殘忍的空中凌遲。

決定空戰生死只有三點：飛行器數量、飛行器性能、飛行員技術。

玳瑁號有數量優勢，不過論性能，輸白色恐怖一大節。論飛行員技術，我本來的技術跟正規隊員不相上下，多虧了改良自陰霾號異常精妙的飛行動作，一下子拉開差距。

如果空騎隊夠聰明的話，應該要善用數量優勢打拖延戰。可惜空騎隊作戰組這麼傳統的單位，習慣編隊飛行，徹底執行多打一的團體戰術，太過死板，不會變通。

我很確定他們會分成兩組、一組五架飛戰鬥隊形，所以啟動液壓系統，將白色恐怖機翼的前緣翼條推出，收節流閥。

關掉油門。

維持最佳滑翔空速，保持下降率。

霍布斯幫我加裝的前緣翼條，是馬克思航太專利（剽竊自馬爾西亞克航太的爵士號），可以讓部分翼面下方的氣流穿過機翼，流到翼面上方，提升白色恐怖的升力係數，加大失速攻角。

簡單來說，當液壓系統將前緣翼條推出機翼前端，白色恐怖的升力會增加，即使關掉引擎，無動力滑翔，只要維持住固定下降率，也不會失速。我可以不浪費任何燃料，在天空慢慢飄，等著玳瑁號來找我，因為我的機翼可以調整浮力大小。

「幹得好啊，霍布斯！」我忍不住自言自語。

10

政治手腕

飄了五分鐘，油門開空轉，我滑翔等待著玳瑁號出現。

忽然間，有股寒意涼涼地直通我背脊，好像有人在你背後監視你、又湊過來對你脖子吹一口氣。

飛行員一定要相信自己的第六感。

直覺通常會比大腦推理還迅速準確，我立刻收前緣翼條，節流閥推到五成，翻滾一百八十度倒飛，東張西望搜尋敵機。

不看不知道，一看嚇一跳，五架編隊的玳瑁號在我正下方一千呎，同時雲朵映出五架黑影。

這表示另外五架埋伏在我正上方，等著把我給宰了。

完全沒有思考的時間，只有靠本能反應。

放擾流板、破壞機身流線。

踩左方向舵、副翼卻向右打滿，讓白色恐怖陷入氣動不協調姿勢。

失速警報器發出蜂鳴聲，白色恐怖陡然間失控下墜，看起來像無預警陷入失速狀態。

合歡墜落。

「這樣還不夠！」直覺跟我說。

推頭、收襟翼、調整水平尾翼、偏副翼、再踩方向舵。

蝴蝶蘭欺敵翻滾。

下方那組機隊上當了。

五架玳瑁號真的以為我不小心失速，欣喜若狂，主機、僚機都急著搶攻，等發現是欺敵翻滾時已經來不及。

「阿呆，欺敵翻滾就是『偽失速』啊！」我解除安全裝置，追上離我最近的玳瑁號，瞄準、默數前置量、擊發。

三架僚機急著搶攻，乖離了戰鬥隊形的固定位置，沒能保護主機的後方空域，被我趁亂卡位，一次解決掉兩架主機。

「很好，十四架了。」我看著那三架失職僚機，知道他們正在自責、悔恨、恍神，立刻把握住這短短幾秒的機會，節流閥全開、還推到後燃區，開後燃器衝刺，一次一架，把三架僚機也都打下。

「既然是同一組的，一起下去面壁思過吧！」我說。

已經擊落十七架。油料剩三分之一，大約還可以纏鬥不到二十分鐘。

想要有制空權，就一定要有高度。

開始爬升。油門開到最大，我咬緊牙爬到一萬四千呎，接著立刻關掉油門，推出前緣翼條，開始滑翔。

「愛庫洛夫，油剩多少？」瑪琪薇莉透過無線電問我。

「剩三百二十加侖。」看一眼油量指示器，我說。

「空中剩五架，體力還行嗎？」瑪琪薇莉語氣不太自然，我似乎捕捉到一點什麼。

她是真的很擔心我。

「放輕鬆，我才剛熱身而已。現在要拿出真本事了。」我安撫瑪琪薇莉的情緒，開始思索接下來的戰略。

水平環視，十一點鐘方向高空有卷雲。

雲是飛行員的好朋友，從雲的種類就可得知大氣概況跟約略的高度。

卷雲屬於高雲族，位在兩萬呎以上，看到卷雲就代表大氣狀況穩定。所以我放心地滑翔進十一點鐘方向低高度一團晴空積雲裡，打算匿蹤飛行。

但是我才剛鑽進晴空積雲，立刻感覺異常。溫度不對、氣壓不對、氣流方向不對、空氣密度不對、雲的顏色也不對。

「**沙鷗你個香蕉！我搞錯了！**」我忍不住咒罵自己，犯了菜鳥級錯誤。

這根本不是適合匿蹤的晴空積雲，而是含有雷雨胞的積雨雲。

我剛剛目視看到的卷雲，實際上是雷雨胞產生的假卷雲區，就好比是捕蟲草引誘蒼蠅的假餌，一旦飛入就別想活著出去。

逃命的時候分秒必爭。我立刻收外型、油門開最大，哪裡進來就哪裡出去。我企圖從原路衝出積雨雲，一面慶幸尚未飛進雷雨下衝氣流區。

幸虧我發現的早，飛進去兩秒就掉頭。

飛行器再先進、材料科學再發達、機身再堅固，人類也絕對無法與大自然的力量對抗。航空氣象雖然不是我的專長，但我也深知這道理。一衝出積雨雲我立刻傻眼。

連運氣都站在我這一邊。

衝出雲幕後我一個桶滾，掃視天空與陸地，被我敏銳的視覺瞄到金屬反光，在我五點鐘方向、下方兩千呎。

二話不說，我直接飛合歡墜落。

多思考零點幾秒鐘，影子被看到，就無法偷襲成功。要偷襲就不能讓對方先發現蹤跡。多虧了白色恐怖的雲白機身，我迅速下墜，跟背景雲幕顏色類似，想要目視搜索白色恐怖，有一定難度。

高度掉到七千呎，我修正掉落姿勢，改平，偷偷摸摸加速，縮短我跟前方機隊的距離。

看樣子，他們到現在還不知道死到臨頭。

我再加速，把距離縮短到射程內。

接著又是殘酷的霸凌。

兩架僚機被我擊中後，才發現我已經來到正後方，趕忙用無線電警告其他架立刻翻滾脫離，也已經來不及。白色恐怖的空中運動性能非常優異，昂貴的碳纖維機身堅固，可以承受高負荷係數的急轉動作。另外兩架主機、一架僚機，跑不到十秒鐘，被我一個一個追上、擊落。

毫無反擊能力。

「二十二架。」我數著。

飛行器性能領先、飛行員技術領先，我欺負著玳瑁號，彷彿重現陰霾號屠殺玳瑁號的殘忍歷史。這是一場極度不公平的競賽，高單價的白色恐怖，是典型資本主義的象徵，**金錢堆出來的高科技結晶**。

「又有五架玳瑁號起飛了。其中一架的駕駛是作戰組組長，你知道我想講什麼。」透過無線電加密頻道，瑪琪薇莉語帶保留，打斷我的多愁善感。

空騎隊慘敗、輸到脫褲子的程度，作戰組組長只好硬著頭皮帶隊、親上火線，企圖挽回一點顏面。

「你以後想進作戰組，他有可能是你的上司。」瑪琪薇莉淡淡地提醒我。

心照不宣。

我等一下會故意放水。

這就好像主管找你打球，還跟你說「盡全力打、不要客氣，球場無階級、大家比實力……」這類的鬼話。

只有白目的新人才會相信，傻呼呼打贏主管。

不能打贏，又不能禮讓得太明顯，這分寸的拿捏，在於一開始先假裝全力以赴，再犯下致命錯誤，被大頭擊落，承認大頭技高一籌，順勢大拍馬屁。

看我之前秒殺二十二架玳瑁號完全不手軟，好不容易等到大頭升空，準備執行第二階段作戰計畫。

「你知道大頭是開哪一架吧？編號零零一，飛主機那架。」瑪琪薇莉又叮嚀我，怕我政治智商太低。

同樣的錯誤我不會犯兩次，當初就是打贏了院長，他才派我去教一年級。現在我學乖了。

油門開百分之二十、放襟翼。

啟動液壓系統，緩緩推出前緣翼條。

空速兩百七十節。

還是太快。

擔心玳瑁號不好瞄準，打不到我，我放減速板，節流閥全關，同時襟翼再放二十度。

這下白色恐怖像隻吃太飽的老鷹，撐著大肚腩在天空散步，幫助消化。

「我幫你解密、轉到玳瑁號的通訊頻道，你自己看著辦。」瑪琪薇莉念了一串數字，我趕緊轉到空騎隊無線電頻率，開始監聽。

「組長！我看到目標！十點鐘方向！高度約一萬一千呎！」偵察機跟大頭回報。

「很好！把他趕到我的射程範圍內！」大頭興奮，好像古世界的皇帝打獵，一群隨從在旁敲鑼打鼓。

「不用趕，我自己下去。」我一個桶滾、首宿交叉急降高度，這是基礎的飛行動作，我擔心飛合歡墜落大頭視線會跟不上我，刻意用標準動作下降。

飛到大頭正前方，我故意露出機尾給他。

「喔喔喔！我逮到他了！」大頭興奮地哇哇亂叫，「他是我的！其他人不准開火！讓我來！」

我等了一秒，毫無動靜。

再等一秒，還是無聲無息。

「……開火射擊要按哪個鍵？」大頭問他的僚機。

「**香蕉你個麻鷩榴槤！這樣我很難演！**」我在心裡咒罵。

「組長，你要先用大拇指彈開安全裝置，再按紅色按鈕……」空騎隊僚機正在指導作戰組組長如何擊發。

看來這位大頭是政務官。

事務官通過國家考試取得公務員資格，憑本事在部門內升遷；政務官則是執政黨的空降部隊，直接派任特定政府官位。等到政黨輪替時，政務官會跟著執政黨下台，事務官則不受選舉結果影響。

難怪大頭飛那麼爛還能當作戰組組長。

我假裝左右來回閃躲一下，想說他應該學會射擊了，又把機尾對著大頭開的玳瑁號。

「喔！我又鎖定他了！大家別亂開火！這次他跑不掉了！喔喔！」大頭興奮地亂叫，我等著他按下射擊鍵，趕快結束這場鬧劇。

結果聽到「磅！磅！」兩聲，轉頭一看，大頭錯按緊急逃生鈕，透明艙罩自動炸裂，大頭連人帶座椅，與座椅後方的降落傘被彈射出玳瑁號，消失在九千呎的高空。失去駕駛的玳瑁號，則是無規則向下掉落。

「沙鷗你個香蕉！冇戲拖棚！給臉不要臉！」不知為何我動怒了，明明是很好笑的事情，我卻氣到七竅生煙。

為了加入空騎隊，我歷盡滄桑、費盡千辛萬苦。而這等廢物，跟對了政黨就能平步青雲。滿腔怒火無處發洩，可憐了那幾架玳瑁號，變成我遷怒的對象。

收前緣翼條。

收襟翼。

油門全開。

開後燃器。

我也不管剩多少油料，卯起來追殺天空的玳瑁號。

殺紅了眼。

後來陸續又有十幾、二十架玳瑁號升空。

連續不斷出殺手，我開火的大拇指忙到沒有停過。我把畢生所學發揮到淋漓盡致，這場空中煙火秀是我人生最精彩絢爛的五十分鐘。

在我耗盡油料之前，**白色恐怖一共擊落四十八架玳瑁號**。

空騎隊買不買白色恐怖，已經不是重點。

天空巡邏隊決定購買，第一期先下單三十架。國土安全部隊有意大批訂購，訂單從五十架以上的量開始談折扣。查緝隊希望討論客製化訂購細節。皇室特勤組也有高度興趣，腦筋動到特別預算上。憲兵隊直接下訂七十五架……

馬克思航太拿到接不完的訂單。

這些都是後話。

當時我耗盡燃料，漂浮在起司島機場上空，滑翔降落在跑道上，整個場面安靜到像是鏡中世界。打開透明艙罩、爬出駕駛艙的那一刻，我彷彿可以透過攝影機，聽到全國正在電視機前收看的人民冷汗滴到地板的滴答聲。

白色恐怖的純色機身，沒有沾染一絲黑色瀝青，白到像雪似地在陽光下閃閃發亮，讓現場每一個人都感到無與倫比的窒息。一隻隱形的手，已經掐住人民的脖子、鎖緊。再鎖緊。

再鎖緊。

不能呼吸。

11

故事的開始

空騎隊下單兩百一十架白色恐怖，分三期交機。

當第一批白色恐怖運送至空騎隊時，我已經以馬克思航太技術顧問身分訓練首批白色恐怖種子教官長達半年之久。等兩百一十架白色恐怖交機完畢，我直接轉任空騎隊作戰組戰技訓練組長。

終於加入作戰組，完成多年的心願，卻沒有想像中興奮狂喜，反而是充滿了漂浮在夢境中的空虛感。為了找出這一絲飄忽的不安定，我回到執教多年的雪鴿飛行學院。這裡曾經是我深惡痛絕的工作環境，教導初級飛行曾是我備感羞辱的工作，如今我卻在這裡得到一絲溫暖，就好像回到一切的源頭。

「愛庫洛夫，我要加入作戰組。」莉莉不知從哪裡冒出來。

「我也要。我可以飛你的僚機。」小胖大言不慚。

「好啊，明年要升四年級，你們想清楚了就好好努力，每年作戰組會到全國各學院挑兵，『纏鬥飛行』跟『積雲匿蹤』拿到頂標是基本的挑選門檻，名字還要取得吉利……」我話沒說完、陡然停頓。

我知道自己為何如此不安了。

白色恐怖從研發到出場，從未與陰霾號正面交鋒。縱使抄襲了陰霾號的**啊父塔綳牛兒**設計，剽竊陰霾號的翻滾動作，白色恐怖始終未曾在空戰中將任何一架陰霾號擊落。

一年多前的公開招標，白色恐怖在模擬纏鬥中的壓倒性勝出，讓其性能被誇大跟神話，使得陰霾號遠遠發現白色恐怖就會立刻迴避、不纏鬥也不交戰。

檢查一下我目前駕駛的白色恐怖，武器系統並未滿載，機砲大約剩八百發，油料卻有九成滿。就算打到沒子彈，也跑得掉吧！揮別莉莉與小胖，起飛滯空後，我航向洞兩五，朝著北方飛去。

要堵陰霾號，當然是去雷馬特島繞繞。

我太輕敵了。

飛到雷馬特島上空時，我就知道這趟凶多吉少。雷馬特島早已種植滿山滿谷的幻覺香蕉，而且島上居然還有兵工廠。**陰霾號的生產線**。

我恍然大悟。

販毒是為了籌措**叛亂的經費**。

從空中往下窺視，大約超過一百五十架嶄新的陰霾號已經出廠，停泊在港灣碼頭。

有朝一日，武裝革命的號角響起，這批足以摧毀沙鷗共和國權力核心的空中武力就會毫不留情地肆虐國境。

被我發現了這天大的陰謀，出動五十架陰霾號來獵捕我也不為過。我立刻轉向、返航。

我連回頭看的慾望都沒有，就是一直飛、一直飛，默默奢望我被追殺前，能多幾秒鐘逃命的時間。

光速比音速快九十萬倍。

我尚未聽到爆炸聲，只是眼角火光一閃、當機立斷馬上丟副油箱、節流閥全開，死命狂奔。

一枚火炮在我機身後方炸裂、白色恐怖受損程度不明。尖銳的警報器叫聲響徹駕駛艙，提醒我引擎過熱，有熔毀壓縮機與推力噴嘴的危險。看一眼高度表。

一萬三千呎。

不得已，我關節流閥，引擎速降到空轉。

放擾流板，讓氣流從機翼剝離。

左旋倒飛。

高度掉到八千呎，升降舵往後拉滿。

偏副翼，左方向舵踩到底。

馬明潭脫離。

掉落回轉的瞬間，我看到二十幾個光點在我上、下、左、右。

那些光點是陰霾號的敵我辨識器燈號，這表示有二十架以上的陰霾號分散在我四周。

「宿命的對決，遲早要大幹一場。但是不是今天。」我忍住回頭纏鬥的衝動，「我得到的訊息太過重要，**一定要通知希芽公主！**」

一身冷汗浸溼了飛行裝，滲透到後仰三十度的座椅，迅速上下左右檢視雲系，尋找一絲脫離戰區的渺茫生機，這時候只能靠大自然的力量求生。

飛完馬明潭脫離，敵機群完全籠罩整片空域，我再飛一個合歡墜落、急降高度至

兩千呎。

一千呎。

三百呎。

貼著海面低飛，等待著我記憶中的平流霧出現於海面。

平流霧發生於海上時，稱為「海霧」。雷馬特島緯度較北，潮溼的氣團經過雷馬特海峽時會冷卻、飽和，雷馬特海峽的海霧常會伴隨輻射霧一起出現。

那是我唯一一線生機。

在我上方那架陰霾號迫不及待開火，火線濺起的浪花打在我艙罩上，我卻看得不是很清楚。

平流霧出現了。

油門開百分之二十、減少噪音。推出前緣翼條。

當我隱身在深夜的霧氣中，陰霾號數量再多也不敢輕舉妄動。

什麼都看不見。火炮不長眼。誰也不知道打到誰。

「**我要見希芽公主！**」當我把白色恐怖迫降在王宮前的備用短跑道、打開艙罩、狼狽地爬出駕駛艙，八名國安局幹員拿著火炮衝上來把我壓倒在地。

「你不知道這裡的空域是禁航區嗎？」一位幹員用手肘重擊我的臉頰。

「我們就算把你從天空打下來，也是你自找的！」另一位幹員猛踹我的肚子。

「我是空騎隊作戰組戰技訓練……組長……」我呻吟。

「照樣打！空騎隊就是沒規矩，無法無天！」又一位國安局幹員將我毒打一頓。

空騎隊隸屬於沙鷗調查局。

而沙鷗國安局是我國的情治單位樞紐，位在情報金字塔頂層，特殊情況下可以指揮沙鷗調查局，也難怪國安局幹員這麼囂張。

不過我這時發現異狀。怎麼這麼多國家安全局的人？

「跟希芽公主說、愛庫洛夫求見！」我掙扎。

「什麼公主？是希芽女王！現在加冕進行到一半，你要見女王也要等到登基儀式結束再說。」另一位幹員交代，「你們兩個先把他拖去關起來！有空再審問他。」

在隔離室蹲了四個小時，總算有人通報希芽公主，我被帶入王宮會議廳，希芽公主正全神貫注地與大臣開會。

「**希芽公主！大事不好了！**」顧不得禮數，我急著大喊。

「大家先出去一下。」希芽女王把王公大臣、幕僚們都趕出會議廳，只剩特勤幹員，女王手一揮，也全部撤出。

「雷馬特島滿山滿谷種滿幻覺香蕉，看起來都是移植熟株，年收成五次以上，雷馬特島儼然是輸出毒品的金三角。照這規模判斷，不只鄰國，整個東南亞都是幻覺香蕉的外銷市場。除了毒品，島上還有陰霾號的生產線，超過一百五十架陰霾號已經出廠，停泊在雷馬特灣。」我喘著氣，「看來他們打算武裝叛變。」

希芽女王思索兩秒，面色凝重，卻看不出一絲詫異的神情，冷靜地問我。

「知道兩個星期前的事嗎？」

我知道。

兩星期前，反對黨串聯無黨籍立委，在議會裡通過不信任案。這代表人民對執政黨產生疑慮，不再信任執政黨，執政黨梅茲格首相迫於情勢，不得已只好解散國會，全部議員各自收拾行囊，回到各自的選區，準備重新打選戰。

下星期的投票日，哪一黨的議員當選席次在國會超過半數，便由該黨黨魁擔任沙鷗共和國首相、組織內閣，領導國家。

「那你知道昨晚發生的事情嗎？」女王又問我。

我搖頭。

希芽女王這時打開沙鷗新聞台，「……前執政黨黨魁自由黨梅茲格首相，在其選區木棉島拜票時，遭到不明人士暗殺，所幸並未傷及要害，火炮子彈僅在其腹部鮪魚肚留下兩道疤痕……」希芽公主這時候又轉到另一新聞台，「……最大反對黨農民行動黨，黨魁之子在替同黨議員造勢場合中，遭到不明人士暗殺，火炮自左臉頰射入、右太陽穴穿出，目前手術中……」

希芽女王關掉新聞。

「……公主希芽……」我震驚到語無倫次。

「希芽女王。我已經登基，你要叫我陛下。」希芽女王嚴肅地糾正我，「國內目前政治動盪不安、人心惶惶。這些都是皇室的子民，生活於水深火熱之中，叫我於心何忍。」希芽女王頓了頓，接著告訴我更讓我驚恐的訊息。

「福爾摩沙島國與海南島軍政府，兩個小時前已經簽訂軍事同盟協議。我國已經召回駐外大使表示嚴重抗議，下一步將會撤僑。你說說看軍事同盟的含意。」希芽女王命令我。

「同盟國之一遭受武力攻擊，視同對全體同盟國宣戰。這是打仗前先買的保險、全面開戰的徵兆。」我冷汗涔涔而下。

「大敵當前，馬上就要打仗了，我國不但毫無準備，國內政黨仍持續惡鬥，議事空轉。」希芽女王看著我，「而你帶來的消息，是壓死猴子的最後一根香蕉。」

太平盛世結束了。

「黑死病軍火公司的大股東是海南島軍政府。看來福爾摩沙島與海南島軍政府計畫很久，暗中資助雷馬特集團種植幻覺香蕉、煉毒、販毒、並成立軍隊，想來個裡應外合。」我恍然大悟。

「我決定結束七百五十年皇室虛位元首，終止我國議會內閣制。」希茅女王冷靜地跟我說：「等一下會頒布緊急動員令。」

「你要結束七百五十年來的議會內閣制？」我顫抖地問。

王權復辟。

「和平時代的民主制度，戰爭時候無法適用。」希茅女王盤算，「國安局局長是我父王的心腹，全力配合王室。軍情局局長是我的左右手，國防部長是從小抱我長大的乾爹，站在我這邊，憲兵司令是我父王的傀儡，眼下部隊的指揮實權在我手裡，我已經是陸海空三軍統帥。」

要控制國家、先控制軍隊。

「選舉暫停、全國實施宵禁，明日起地方法院關閉，全部送軍事法庭審判。」希茅女王繼續拋出震撼彈。亂世用重典，法官不再有裁量權，依軍刑法量刑全部都是**唯一死刑**。

「海岸巡防署明日起回復舊名、重操舊業捉拿思想犯。」

警備總部。

「軍事教官進駐各飛行學院，義務教育以訓練戰鬥飛行為主。」

十萬青年十萬軍。

「戒嚴之後，我只用我信賴的人。我希望你接掌沙鷗調查局。依照即將頒布的動員戡亂時期臨時條款，晚上十一點宵禁、全國百姓禁止外出，我要看到白色恐怖漫天飛舞於沙鷗共和國諸島。」希芽女王命令。

「我先生吉爾吉斯，現在是我的軟性人質，用來要脅著前首相梅茲格。輕舉妄動的政治人物已經通通抓起來，剩下的意見領袖全都噤聲、觀望事態發展。」希芽女王說。

國會解散是權力的空窗期，議員各自回選區準備選舉，而這時候又暫停選舉、頒布緊急動員令，每一個時間點都經過縝密的政治判斷與計算。

王室過去七百五十年的虛位，不用承擔任何政治錯誤，所以深受百姓愛戴，一時間人民很難集結反抗的力量。一旦軍隊宣誓效忠，加上國安、調查、軍情三大情治單位也聽命，希芽女王沒有任何阻礙。

「如何？在飛行學院你曾經宣誓效忠，說過的話還算數嗎？」

我沉默不語。

很多骯髒事會假國家安全之名而行。**例如結束民主制度**。

「不要這麼自私，只想獨善其身。要勇於承擔，為國家付出血汗。」女王指示。我並非不願意為國家戰鬥，而是我希望照著我自由的意志為國家戰鬥、或者不戰鬥。

失去自由並不可怕，可怕的是視其為理所當然。我沒有要當聖人，也沒有要當偉人，我只是謙卑地想當一個自由的人。當我不知所措時，我決定跟著我的飛行直覺、跟著我的心。

如果我再聰明一點，我應該表面上答應希芽女王接掌調查局，暗地裡伺機而動。偏偏我剛從激烈的空戰中死裡逃生，腦袋不清楚，精神與肉體都在崩潰的邊緣，我忍不住喃喃自語，將古書圖書室裡派翠克亨利的名言緩緩唸出。

「**不自由，毋寧死**。如果我拒絕呢？」

希芽女王嘴角微微揚起，溫柔婉約地對我一笑。

「那麼，我的笑容會是你意識的最後一個畫面。」女王說。

九歌少兒書房 257

超速遊戲：
啊父塔緋牛兒！ Afterburner

著者	董少尹
繪者	Salha-D
責任編輯	鍾欣純
創辦人	蔡文甫
發行人	蔡澤玉
出版發行	九歌出版社有限公司 臺北市八德路3段12巷57弄40號 電話／25776564・傳真／25789205 郵政劃撥／0112295-1
九歌文學網	www.chiuko.com.tw
印刷	晨捷印製股份有限公司
法律顧問	龍躍天律師・蕭雄淋律師・董安丹律師
初版	2016年11月
定價	**260元**

書號　0170252
ISBN　978-986-450-093-2
（缺頁、破損或裝訂錯誤，請寄回本公司更換）

國家圖書館出版品預行編目(CIP)資料

超速遊戲：啊父塔綳牛兒！Afterburner / 董少尹著 ; Salah-D圖. -- 初版. -- 臺北市 : 九歌, 2016.11
面； 公分. -- (九歌少兒書房 ; 257)
ISBN 978-986-450-093-2(平裝)

859.6 105018669